テーバスランド

Tebas Land

セルヒオ・ブランコ　作
Sergio Blanco

仮屋浩子　訳

北隆館

自らの肉体をとおして作中のことばを導いてくれた
ブルーノ・ペレイラとグスタボ・サフォーレスに捧げる

序文――文学、地形、表記をめぐる体験

他言語に自分の作品が翻訳されるのは常に大きな喜びである。私自身、翻訳というものを、一種の旅、移動、動きと理解している。それはある世界から別の世界へと移り行く芸術である。それはつまり、二つの言語間、文化間、二つの歴史、二つの地形に対話を築くということ。翻訳とは他者――自分ではない者――を探求することである。よって、翻訳者の仕事とはこの世で最も倫理的で、気高く、そして政治的な取組であると言える。彼らの仕事は、自分と距離が離れたモノに近づき、つなげ、結びつけることである。翻訳とは他者、異なった誰か、つまり自分ではない者を受け入れ、もてなすといった、素晴らしい行為の模範なのだ。

さて、日本語に自分の作品が翻訳されることは私にとって格別で喜ばしく、またそう思うには三つの理由がある。やはり文学的な理由が一番であるが、清少納言、紫式部、松尾芭蕉、井原西鶴、谷崎潤一郎、三島由紀夫、川端康成の言語に訳されることは私自身を誇りで満たしてくれる。今あげた作家たちは読み手として基礎的な素養を磨く教育を私に施してくれ、私は、彼らの描く世界観、景観、様々な物事、人間の美しさに魅了された。日本文学作品を読むことで発見したのは、書き手としてではなく、読み手としての大いなる喜びであり、私の人生のなかで、このような偉大な作家たちのいずれかの作品に影響を受けなかった時はない。

第二に、日本語に訳されることが私にとって特別なのは、地学的理由からである。というのも、日本は、私の故郷ウルグアイのちょうど地球の反対側に位置していて、この翻訳が地球の直径の端から端へと走破し、最長の半円周の距離に挑みつつ、旅や冒険、もしくは地球のある地点から別の地点までの移動を実現させようと読者を誘うのである。この翻訳作業は、ホメロスやダンテ、シェイクスピア、ヴェルヌ、デフォー、R・L・スティーヴンソンが語るような冒険に対抗するようなものなのだ。

私を感無量にさせた第三の理由は、その表記文字にある。訳された部分が送られてきた日、私の言葉が表意文字に変化したのを見た時、それまで感じたことのなかった感銘をうけた。私の言葉は突如完全に消滅し、美しいイメージ、形象、線、絵となっていたからである。何時間もあの表意文字を眺め、自分が文盲である喜びを得た。理解できないので、私は視覚的な部分を注意深く観察し始めた。直線、線の道のり、周辺、輪郭。そして純粋に視覚、形象、感覚的様相　――造形的様相による日本語の文字（カリグラフィー）――を得た私の言葉に初めて直面したのであった。

『テーバスランド』は大学への通勤途中のある朝、パリで誕生した。ふと目にしたのは、柵のかかったバスケットボールコートでプレイをしている若者たちだった。思いがけず私は立ち止まり、劇作品の舞台にあのコートがなりえるのではないかと考えたのだ。それが『テーバスランド』の最初の芽となった。同じ日の朝、地下鉄の中で、自分のノート――常に持ち歩いている――を開き、そこにコートをスケッチしてみた。いつも私はこう言っている。『テーバスランド』はスケッチから始まった作品なのだと。そしてほんの一週間で書き上げた。執筆期間は短かったものの、とてつもなく濃厚な時間であった。それがパソコンに書き出す時間だったのであれば、私自身気づくことなく長い期間執筆してきたとも言える。きっと書くことさえ知らない時期にこの作品を書き始めていたのかもしれない。

『テーバスランド』は異なる人々の出会いの物語である。つまり、他者、私とは異なる誰か、私でない誰かと出会う必要性を讃えているのだ。『テーバスランド』が伝えたいのは、私を見つめる誰かがいるおかげで自分は存在できるのだということ、そして眼差しを通して私に命を与えてくれるこの他者の存在がゆえに、私の存在理由はすべてその人にあるのだということ。『テーバスランド』は他者との出会いに、言い換えれば出会いの場である演劇・劇場に敬意を表している作品なのである。

本作品はオートフィクション、つまり、私の人生の一部 ── 私自身が体験したでき事 ── と虚構の物語 ── 私が作り上げた体験 ── が織り混ざったものである。オートフィクションというジャンルは自叙伝的要素とフィクションの要素を連結させる形式だ。これは自叙伝と相反するものである。自叙伝が取組むのは、真実の取り決め ── 物語は真実でなければならないということ ──、それに対し、オートフィクションが取組むのは、私が名付けるところの「嘘の取り決め」が要求される、つまり語られることは真実である必要はなく、反対にフィクションでなければならない。オートフィクションは常に真実と嘘の間で戯れる。それは現実と非現実の明確な違いが常にあるわけではない空間としての劇場について考える手助けになっている。ハムレットは自問した。「在るべきか、それとも在るべきではないのか（生きるべきか、死ぬべきか）」と。つまりオートフィクションは「在るべきで在るべきではない」ということが同時に可能だと提唱するのだ。というのも物語とは、人が体験してきたことと、作り上げたことが交差する場なのだから。

最後に、日本語という言語とともに、私の言葉を迎え入れ庇護してくれた仮屋浩子氏に感謝の意を示したい。日沈む国から来る者にとって、日出づる国に辿り着くことはとてつもない名誉である。

二〇一八年九月

セルヒオ・ブランコ

目次

テーバスランド

真の詩は法の外にある。

ジョルジュ・バタイユ『不可能なもの』

思いもよらなかった愛、それはかつて私が夢に見た愛
Amor que no esperaba es aquel que yo soñé
『アマーダ・アマンテ』Amada Amante

ロベルト・カルロス

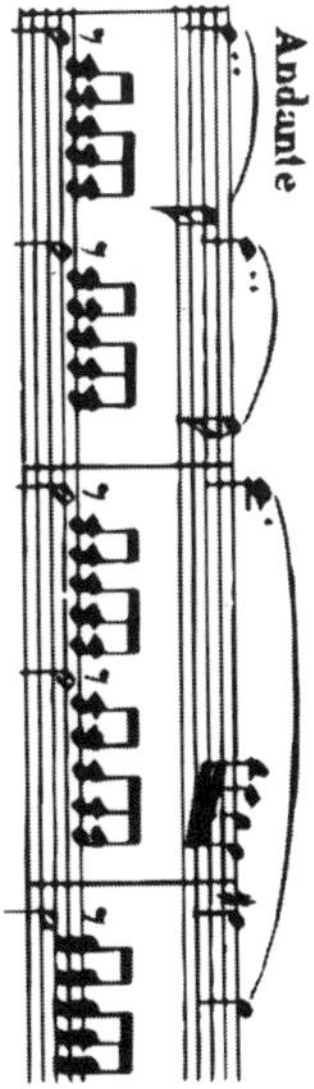

ピアノ協奏曲第二十一番ハ長調

ヴォルフガング・アマデウス・モーツァルト

あなたがすべてを捧げてもそれよりのものを私は求める
You give it all but I want more
『ウィズ・オア・ウィズアウト・ユー』With or without you

Bono, U2.

試合中、選手の器具、ゲームウェアーに関して国際バスケットボール連盟の規定第二十一条に記されているとおり、時計、指輪、チェーン、ブレスレットなど相手側を傷つける可能性のある物を選手が身につけることは固く禁じられている。この規則を遵守できない選手は失格となり、退場しなければならず、試合終了までコートに足を踏み入れてはならない。

――バスケットボールの歴史　ウィキペディア https://ja.wikipedia.org/wiki/ バスケットボール

フォークは十一世紀初頭にコンスタンチノープルから、ビサンチン皇帝コンスタンティーノ・ドゥカスの娘テオドーラによってヨーロッパに伝えられた。テオドーラはベネチア共和国の元首ドメニコ・セルヴォとの婚礼の際、この地にそれを持参した。この他にも東洋の洗練されたしきたりを導入したことで、テオドーラはひんしゅくを買い非難された。聖ペトルス・ダミアニも説教台からテオドーラの奇行をたしなめ、フォークについては「悪魔的器具」と呼ぶに至った。

――フォークの歴史　ウィキペディア https://ja.wikipedia.org/wiki/ フォーク

登場人物

S　劇作家、三十九歳

マルティン・サントス　父親殺し、二十一歳

フェデリコ　俳優、二十一歳

　Sは定番のスーパーマンのロゴ入りのTシャツにジーンズ、アディダスのスニーカーを履いている。マルティンとフェデリコは異なる人物ではあるが上演中はかならず同一の俳優によって演じられなければならない。彼はジャージを着て、ジョギング用のボトムス、ハイカットのナイキのスニーカーを履いている。

舞台について

時代は現在、舞台の場所はリハーサル中の稽古場であると同時に刑務所の中にあるバスケットコート。コートは縦七メートル、横幅四メートルで、高さ三メートルの鉄格子で囲まれている。その一角には監視カメラが設置され、それは舞台奥のスクリーンと接続されている。このスクリーンには、作品中に想起されるイメージが投影され、同様にこの作品を構成する五つのパートの名称も映し出される。鉄格子の中にはバスケットのボード、机、椅子とベンチがある。机の上には数冊の本とパソコンがあり、パソコンはスクリーンに接続されている。開場の際にはロベルト・カルロス自身が歌う『アマーダ・アマンテ』Amada amante の曲が流れている。逆に終演時には U2 の Bono が歌う『ウィズ・オア・ウィズアウト・ユー』With or without you が聞こえる。これには次のことが想定されている。最終場面で照明が徐々に落ちていくとともに、ゆっくりとモーツァルトのピアノ協奏曲二十一番ハ長調のアンダンテから U2 の曲に変わっていかねばならない。つまり、暗転した時に唯一聞こえているのは Bono の声でなければならない。

第一クオーター

＊

S　始めてもよろしいでしょうか？　はい。皆さん、こんばんは。お席の座り心地はいかがでしょうか。ようこそいらっしゃいました。まずですね、簡単に説明いたします、なぜ私たちがここにいるのかを。以前、ブエノスアイレスのサンマルティン劇場から公演企画依頼がありました。その時は、『ダーウィンのジャンプ』という作品を提案しました。フォークランド戦争についての作品です。しばらくたってからこの戦争をテーマに物語るのは興味深いと思いました。企画が承認されて劇場の製作スタッフと作業が始まったのですが、ある日メールが届いて、作品を変えたほうがいいって言われたんです。内容に問題があるのかときいたら、そうだと言われて、まだフォークランドの件には触れないほうがいいとのことでした。『ダーウィンのジャンプ』はまたの機会ということにして、その時にこのプロジェクト、『テーバスランド』の考案が始まりました。サンマルティン劇場の執行部に最初のスケッチを提出するとすぐにゴーサインがだされて、親殺しをテーマとしたこの作品の舞台づくりが始まりました。彼らには本物の親殺しの受刑者を舞台にあがらせたいという私の意図を説明したうえ、最初に劇場サイドと決めたのは舞台で本物の受刑者と作品を作っていくための国家レベルの様々な法的手続きを開始することでした。私にとってこの本物の受刑者の存在は、このプロジェクトの単なるディテールではなく、基盤のようなものでした。というのも、当初から私の関心は親殺しの物語を、再現を必要とせずにパフォーマンスのような形態で語りたかったからです。実際のところ想像されたかもしれませんが、このような檻或いは鉄格子で囲まれた舞台にしたのはそこに理由があるのです。それが国家レベルの条件の一つでした。承認するかわりに安全の確保といった舞台空間を囲む条件を遵守するようにとのことでした。内務省から届いた書類には次のような条件が記されています。引用します。「少なくとも高さ三メートルある囲い」。条件はご覧のとおり文字通り守りました。最初、囲いのアイデアは私たちを困惑させました。檻というアイデアに、私も、劇場側も納得がいかなかったからです、刑務所に行って初めて親殺しの受刑者と会うまでは。マルティン、というのが彼の名前です、信じられないことにマルティン・サントスとの最初の面会はバスケットコートの中でした。刑務所ではよくあるようですが、バスケットコートは実はこのように囲まれているのです。それを見た時、警備の問題は解決できたと気づきました。すぐに自分に言い聞かせました、これでいい、舞台を鉄格子に囲まれたようにして、舞台装置的視点から当局を安心させるとともに、演劇的視点からは、私とマルティンの面会のスペースを再現することができる。とにかく、条件は守られたのです。それから余談ではありますが、芸術的にもこの作品のト書きや、舞台の指示が、部分的に内務省からの通知に示されていたということは興味を惹かれるものだったと申しておきましょう。実際、最初の私たちの面会が終わるとすぐに刑務所の所長に今後マルティンとの面会はあのコートでしたいとお願いしたのを覚えています。いいお返事をいただきました。さて…最初の面会を再現してみましょうか。私たちの最初の出会い。いいでしょうか？　はい。

＊＊

ある秋の午後でした。少し寒く、風が吹いていました。強い風が。中央刑務所の所長は、マルティンのいるコートに私を案内してくれました。彼は練習をしていました。入る前に、所長に自分たちだけにしてくれとお願いしました。冷静に彼と話がしたかったからです。承諾してくれました。特に問題はないと。一人で入って大丈夫だが、コートの少し離れた場所から、看守が見張ってなければならない。よくわかっています、と私は答えました。マルティンは一人でそこにいました。彼は訪問者が来ることを知っていました。またその訪問者が彼と話したがっていること、そして彼の話をもとに戯曲を書いて上演することが目的だということも知っていました。刑務所は彼に同意を求め、彼自身承諾してくれていました。最初は、外から彼に話しかけ、彼からコートに誘ってもらうのを待ちました。やあ。

マルティン　あなたが？

S　ああ、そう。

マルティン　もっと年上の人かと思った。

S　寒くない？

マルティン　ううん。今何時？

S　五時。
マルティン　そう、僕、あまり時間がないんだ。もっと早く来るはずだったよね。
S　そう。ちょっと遅れちゃって、いろいろあってさ。遅刻して悪かったよ。
マルティン　どこのメーカー？
S　え？
マルティン　だからブランド。
S　あ、カシオだよ。
マルティン　ウォータープルーフ？
S　さあ、多分、あ、そうみたい。三百メートルだって。
マルティン　ストップウォッチもついている？
S　うん、あるよ。
マルティン　アラームは？
S　うん、それも。時計好き？
マルティン　さっき何時って言った？
S　五時。
マルティン　ほんとだ。
S　まだ答えてくれてないよ。
マルティン　え？

S　時計が好きかってこと。
マルティン　好きだけど、…プレゼントは嫌い。
S　僕もだ。
マルティン　もっとおじさんかと思ってた。
S　どうして？
マルティン　わからないけど、だって本を書きたい作家が来るって言うからさ、僕と話がしたいって。僕と知り合いになりたいって。何歳なの？
S　三十九。
マルティン　三十九？
S　うん。
マルティン　へえ、そう！　僕はいくつだと思う？
S　君の年は知っているよ。
マルティン　そっか、読んでたんだ。
S　ああ、君の調査書。
マルティン　色々話も聞いたんだね。
S　いや、そうじゃなくて、君の関係書類しか読んでない。
マルティン　じゃあ、何で僕のこと知りたいの？
S　入ってもいい？

マルティン　怖くないの？

S　うん、ちょっと。

マルティン　僕の調査書読んだなら、知ってるでしょ…

S　何を？

マルティン　別に。

S　僕が読んだの、気になる？

マルティン　ううん。

S　そんな感じがしたけど。

マルティン　入りなよ。

S　ここにはよく来る？

マルティン　午後は毎日。

S　午後は毎日？

マルティン　独房は小さくて、すごく小さいんだ。スペースあんまないし、だからちょっと動かさないと、身体が凝り固まっていっちゃうみたいで。筋肉は縮むし、痛いし、すげえ痛いんだ。投獄されたことある？

S　いや、ない。

マルティン　箱のなかにいるみたいで、身体動かさないとさ、こうなっちゃうんだ。見た？ここ痛いんだよ、首。硬くなって、死にそうになる。だから動くしかない。

S　で、バスケは好きなの？

マルティン　外でできるのはこれだけだし、誰にも邪魔されないし。一人静かにいられる。自分と、ボールとボードだけ。誰にも邪魔されない、わかる？　一人っきり。

S　でも周りに看守の人がいつもいるよね？

マルティン　うん、でも別に邪魔はしてこない。干渉はしない。じゃなくて、ただ見ているだけ。僕が練習してるのをただ見てるだけ。

S　好きなの？

マルティン　何が？

S　見られるのが。

マルティン　まあね、迷惑じゃない。それにここじゃ慣れてしまうし。いつも見られているから。彼らが目を離すことなんてない。眠っている時も、目を覚ます時も、用を足す時も、手を洗っている時も、食事の時も、練習している時もね。あそこのカメラ見える？

S　いや、気づかなかった。

マルティン　四六時中見られてる。今だって僕たち監視されているんだよ。

S　そうだろうな。

マルティン　だから、慣れちゃう、しまいには。

S　忘れちゃう感じ？

マルティン　そうじゃない。そんなことない！　そうじゃなくて、絶対に忘れるなんてない。

いつもそうだってわかっている。同僚って感じかな。奴らは向こうにいて、僕たちはこっち、こっち側にいる。それに、誰でも見られるのって好きなんじゃないの？

S　そうかあ。そうでもないかも。僕は嫌だな。

マルティン　ボール投げてみる？

S　いや、結構だ。

マルティン　いや、結構だ。

S　何で笑うの？

マルティン　いや、別に、いや、結構だ、なんて久しぶりにきいたから。なんか、変だし。

S　そうだろうね。

マルティン　プレーしたことないの？

S　バスケ？　ないよ。全然。小さい時やったことあるけど。父親に一年間通わされた。

マルティン　へえ。

S　どうかした？

マルティン　別に、なんでもない。

S　そんなことないだろ。

マルティン　どうしてここにいるか知ってる？

S　うん、さっき調査書読んだって言ったじゃないか。

マルティン　ああ、そうだった。時々、忘れっぽくって。色々と。好きなスポーツは？

S　特にない。
マルティン　本当？　スポーツしてないの？
S　してるよ、週二回泳いでる。
マルティン　プールで？
S　うん。
マルティン　で、時計がウォータープルーフって知らなかったんだ。
S　知らなかった。これからは、時計を外さずに泳げるね。
マルティン　何時？
S　気にしなくていいよ。何時までいてもいいって、所長さんの許可ももらったし…
マルティン　っていうか、五時半すぎると、お湯がでないんだ。
S　そっか。いいよ、じゃあ。
マルティン　約束は四時だったよね。
S　そうだね、大丈夫、別にさ…
マルティン　じゃもう時間だし。
S　とにかく…今日は…何ていうか…結局、顔合わせってところだったから。
マルティン　そうだね。
S　だから、今後は週に一、二回くらいは会えるといいんだけど。
マルティン　ＯＫ。

S　君がよければ。
マルティン　いいよ、いいって言ったじゃん。
S　この場所でいいよね。
マルティン　いいよ、それで？
S　まずはここで会って、色々と二人で作業をして、できあがったら君が劇場に来る。
マルティン　うん、そう聞いている。
S　最初は二人で話をして、少しずつ僕が書き始めて、その後稽古して、観客の前で上演するんだ。
マルティン　劇場で？
S　もちろん、劇場で。企画書に書いてある。週に四ステージ、君を連れてきて、連れて帰る。劇場でも警備体制を整えるから。
マルティン　でも、僕はさ…なんて言うんだっけ？　俳優じゃないし。
S　それは大丈夫。問題ないよ。
マルティン　それに、実は劇場なんて行ったことないんだ。
S　それも問題ない、心配無用。
マルティン　テレビは？
S　え？
マルティン　テレビにも出るんだ、僕ら。

S　ううん、劇場だけだよ。
マルティン　でもスクリーンとかって書いてあったよ。
S　あ、そうだね。スクリーンはあるけどテレビとは関係ない。また詳しく説明するから。
マルティン　わかった。
S　謝礼金ももらえるって聞いているよね。
マルティン　うん。
S　そっか。ところで、この企画、いいと思う？
マルティン　うん。
S　じゃあ、握手だ。
マルティン　名前なんていうの？
S　もう知っているだろ？
マルティン　僕から聞いてみたかったんだ。
S　Sって呼んでくれよ。
マルティン　ＯＫ。
S　まだここにいるの？
マルティン　うん、迎えを待たなきゃいけないから。
S　じゃあまた。
マルティン　次はいつ来る？

S　来週。

＊＊＊

S　その同じ日の午後、電車で街に移動中、自分のノートに一連の事柄をメモし始めました。それがこれ。いくつか気になったこと、印象や、アイデア、イメージだけを記すことにしました。まだ戯曲を書き始めたくはありませんでした。何度か顔を合わせたら自然に言葉がやってくる、それを待ちたかったのです。とりあえず忘れないように、頭によぎったことを書き留めておきたかった。だから電車の中で次のようなことを書きました。バスケ、カシオのウォータープルーフ時計、時間を気にしすぎること、括弧の中には時への強迫観念と書く。常に記録している監視カメラ、独房で凝り固まる身体、監視される身体、三つの矢印。シャワーを浴びている時、寝ている時、食事の時。その下に舞台のスケッチを描き、横にバスケのボード、反対側には机。もう少し下には「親殺し」、コロンの二つの点『オイディプス王』、『カラマーゾフ兄弟』、フロイトのテクストとの関連性を築き上げる、そのちょっと下には、パソリーニの『オイディプス』を確認すること、と記しました。次のページには、以下のような疑問点が記されています。戯曲をいつ書き始めるべきか？　その下には、いつ親殺しとなりはじめるといえるのだろうか、という疑問点。それから住所や電話番号がいくつか、多分刑務所のだと思います。別のページには、乱暴な字で急いで書いたと思われる短い会話文、好きかい？　何が？　見られるのが。うん、嫌じゃないよ。

最後にフレームが記されていて、そこには、自分のことはSと名付けることが可能、カフカの小説みたいに、で彼はマルティンという名にしよう。そこから矢印が伸び、マルティンの文字にはアンダーラインを引いて、聖マルティンとしてあります。これはサンマルティン将軍のことではなくて、聖人、つまりトゥールの聖マルティヌスのことです。初めての訪問の翌日、サンマルティン劇場から電話がありました。上層部の人からで、内務省が考えを変え、マルティンを舞台に立たせるのは認めないということを伝えるためでした。行政の上層部の一人が、その人が劇場に一度も足を踏み入れたことがないとはだいぶ後に知ったのですが、受刑者が舞台の上に上がることを絶対に禁じる、という制度を定めたのです。はじめ、この企画を諦めようと思いました。芸術的な面でマルティンの存在が欠かせないため、これを続ける気にならなかっただけでなく、最初は参加してもらうはずだったのを覆すという、彼に対する敬意の欠如だと思ったからです。劇場側には考えさせてくれと言いました。最終的には意見の一致をみました。自分は戯曲を書くためマルティンと作業し、刑務所で私たちが会うことは許可されるけれども、フェデという一人の俳優が彼の役を演じる、マルティンはそのかわり、観客として毎晩公演を客席から観ることができるが、毎回二人の警官の監視があることが条件でした。だからここにいらっしゃる方の中にも、警官がいることに気づかれたのではないでしょうか。こうする事は行政側にある意味安心感を与えたようで、だから許可が下りたのです。すべてにおいて全員の同意が得られると、内務省、サンマルティン劇場、私は企画を再開する事にしたのです。劇場執行部は緊急にオーディションを設け、数回の選抜の中でフェデにめぐり会いました。役に抜擢された彼は今夜マルティンを演じるのです。んー、僕たちが最初に出会った時のこと話してもいいよね。

フェデリコ　もちろん。

S　はい。

＊＊＊＊

S　オーディションはここで行われた、まさにここ。木曜か金曜だった。

フェデリコ　木曜だよ。

S　そう、木曜。君が入ってきた瞬間、君がこの役をやるって閃いたこと、覚えているよ。雨の日で、髪が濡れていたね。

フェデリコ　ワザとやったんだ。

S　え？

フェデリコ　濡れた髪。

S　ワザと雨に濡れたの？

フェデリコ　じゃなくて、ここに入る前に濡らした。トイレに行って、水をかけた。あなたが話していたマルティンの写真の事、濡れた髪の事を聞いていたから。だから、入る前に、濡らしたらいいかなって思った。

S　じゃあ、雨で濡れたんじゃなかったんだ。

フェデリコ　そう。ごめんなさい。
S　でも入った時、雨で濡れちゃったって言ってたよね。
フェデリコ　うん、でもそれ嘘。本当じゃないんだ。
S　入ってきて、座らないで立っていた。
フェデリコ　ここで、こうやって。
S　それで、僕に言ったこと覚えている？
フェデリコ　最初に言ったこと？
S　そう、覚えてる？
フェデリコ　遅刻したくなかった。
S　びしょ濡れだね。
フェデリコ　雨だよ。
S　まだ降ってる？
フェデリコ　うん。だいぶね。
S　タオルいる？
フェデリコ　いえ、結構です、大丈夫。
S　いえ、結構です。
フェデリコ　どうして笑うんですか？
S　別に、大丈夫。最近、いえ、結構ですなんて誰も言ってこないから。なんか、変でさ。

フェデリコ　そうなんだ。
S　まあね。名前は？
フェデリコ　フェデリコ、でもフェデってよばれてる。
S　フェデ。
フェデリコ　そう、フェデ。
S　寒くない？
フェデリコ　うん、大丈夫。今何時ですか？
S　五時。五時ちょうど。
フェデリコ　絶対遅刻したくなかったんです。
S　大丈夫、落ち着いて。
フェデリコ　ウォータープルーフのカシオ？
S　え？
フェデリコ　別にいいんですけど、その時計ウォータープルーフのカシオですよね。
S　そう、三百メートルのね、あとストップウォッチとアラームも付いている。なんか不思議な…
フェデリコ　僕ＣＭやったから、良く知っているんです。同じの持ってるし。もらったんですよ、出演料を支払われた時に。
S　そっか。

フェデリコ　いつ始めてもいいですよ。
S　何を？
フェデリコ　オーディション。
S　もう始めてるよ。
フェデリコ　え、そうなんですか？
S　まあね。
フェデリコ　じゃあ、名前はフェデリコ、二十一歳。身長は百八十センチ。
S　あ、そうじゃなくて、あのさ、バスケできる？
フェデリコ　まあまあですかね。
S　できるの、できないの？
フェデリコ　まあ、少しは。
S　少し？
フェデリコ　うーん、実は…
S　ほとんどできない？
フェデリコ　そうだけど、覚えるの、早いですよ。
S　見せてもらえる？
フェデリコ　いいですよ。
S　ドリブルは？

フェデリコ　タックタックタック…
S　ちょっとできるじゃん。
フェデリコ　これは簡単、誰でもできますよ。
S　もっと早くは？
フェデリコ　こう？
S　そう。
フェデリコ　タックタックタック…
S　もう少し長くできる？
フェデリコ　もっと？
S　そう。
フェデリコ　やってみる、タックタックタックタック…
S　もっと。
フェデリコ　タックタックタック…
S　結構やるね。
フェデリコ　そうですか？
S　タメ口でいいよ。
フェデリコ　慣れの問題ですよ、練習の回数。
S　シュートしてみる？

フェデリコ　もちろん。
S　さあ。
フェデリコ　どこから…
S　どこからでも。
フェデリコ　ここからでいい?
S　いろんな場所から試してみて。
フェデリコ　わかった。
S　うん。
フェデリコ　簡単だったから、もっと遠くからやってみる。
S　よし。
フェデリコ　あ、だめだ。
S　悪くはないね。
フェデリコ　もう一回やってみてもいい?
S　もちろん。
フェデリコ　いくぞ。
S　結構いいね。動きがいい。
フェデリコ　練習すればどうにかなる、覚えるの早いって言ったじゃないですか。やらなきゃいけない時はやるので。

S　いいよ、わかった。座っていいよ。
フェデリコ　いや、ここで大丈夫。
S　座ってくれよ、その方が楽だって。
フェデリコ　じゃあ、失礼します。
S　演劇の勉強始めて三年？
フェデリコ　ええ、今年で四年目です、四年目。
S　そう、なぜオーディションを受けたの？
フェデリコ　えっと、あなたの作品が好きだからですよ。
S　タメ口でいいって言ったよね。
フェデリコ　はい、すみません。
S　いいって。
フェデリコ　いくつか作品をみて。
S　ん、それ以外に、僕の作品とか、公演以外でさ、この企画のどこに関心がある？
フェデリコ　そうですね、まあ全体的に。
S　具体的には？
フェデリコ　考えかな。
S　どんな？
フェデリコ　だから、親殺しを作品にするっていう…

S　どうして？

フェデリコ　わからないけど、それが気になって、何か。

S　何が？

フェデリコ　親殺しってこと。

S　それのどんなところが気になる？

フェデリコ　だから、実の父親を殺すっていう行為。それがどうしても理解できないんですよ、僕には絶対無理、絶対、あなたは？

S　僕も、できないと思う。

フェデリコ　でもそんなことわからないかもしれないですね、こうやって静かに座っていると、実の父親を殺すなんてありえないって言うのは簡単だけど、でも…

S　でも何？

フェデリコ　だから、人って何をするかわからないってことですよ。状況によって、人って何するかわからない。どう反応するのか…

S　ちょっと読んでほしいものがあるんだけど。

フェデリコ　作品の一部ですか？

S　いや、んー、その可能性も。それは後から考えよう。

フェデリコ　いいですよ。

S　じゃあ、読んでもらっていい？

フェデリコ　ええ、演じたほうがいいですかね。

S　いや、読むだけにしてほしいんだ、それだけ。

フェデリコ　わかりました。

S　どうぞ。

フェデリコ　始めていい？

S　好きなタイミングではじめて。

フェデリコ　「スフィンクス。ギリシャ神話では、スフィンクスは破壊と凶運の怪物で、体はライオン、乳房があり、顔は女性、猛禽類の翼をもつ姿で表わされていた。エチオピアからテーバイの町に恐怖を植え付けるためにやってきたと言われている。スフィンクスが女神ヘラによってこの町を罰するために送られてきたのは、王ライオスの若者クリシポへの同性愛の罪が原因だった。ライオスは若者を唆すだけではなく、彼を誘拐したのだった。これが歴史における最初の同性愛だったのではないかと考えられることが多い。スフィンクスは、テーバイの町のある山におちつくと、謎かけに答えられない者の命を奪ったのだった。鉤爪で首を締めて殺したと言われている。また、テーバイと約束をかわし、謎を解いた者が現れたら、その者を貪ることはしない、それだけでなく、スフィンクスは永久にその場を去るとのことだった。ライオス王が亡くなると、クレオーンが新しい王となった。彼は、謎を解いた者には王位を授け、亡き王の妻イオカステと結婚させると約束したのだった。謎は次のようなものだった。『最初に四本足で歩き、のちに二本足、その後には三本足で歩く動物は何だ？』多くの者が当てられなかったが、ついにオイディプスが謎を解いたのだった。彼はライオスとイオカステの忘れ去られた子で、よその地に捨てられ、外国から自分の両親の国とは知らずテーバイにやってきた。彼の答えはこうだった。『お前の謎の答えは人間だ、小さいころは四足で歩き、大人になると二足で、年をとると杖を持ち三つめの足のようになるのだ。』オイディプスの答えを聞くや否やスフィンクスは山頂から飛び降り、死の世界へと向かったのだった。その褒美として、オイディプスは妃イオカステと母親とは知らずに結婚し、テーバイの王となった。」以上です。

S　ありがとう。

フェデリコ　おわり？

S　そう、おわり。あの午後君が読み終えた時、ピンときたよ、君がマルティンの役をやるってね。

フェデリコ　理由を詳しく教えてくれたことはなかったけど。

S　そんなことわからなかった。

フェデリコ　今も？

S　今も。

フェデリコ　濡れていた髪のせい？

S　いや、そうじゃない。読んでくれた後、っていうか、最後の読み方はちょっと違ってた。そんな感じじゃなかったね。

フェデリコ　そう？
S　そう。テクストを読んだあと、僕に何か言ったんだ。
フェデリコ　覚えてないな。
S　ライオスとオイディプスのことで何か。
フェデリコ　ああ、そう。そうだった。忘れてたよ。
S　オイディプスは実の父親を殺したとは実際には知らなかった、ってことに気づいた、そう言ったよね。
フェデリコ　そうだった。
S　君が出て行く直前。
フェデリコ　そうだった。いま気づいたことがあるんだけど。
S　え？
フェデリコ　いま気づいたことがあるんだ。
S　何に？
フェデリコ　だから、実際オイディプスは父親だって知らなかった、つまり、ライオスを殺した時、別人を殺したと思っている。実の父親を殺しているなんて考えていない。結局…本当の親殺しって言えるのかどうかわからない。いや、そうなんだけど、言いたいことはこんなことじゃなくて、えっと、つまり、知らずに犯してしまった親殺しみたいなもの。
S　うん、確かに…

フェデリコ　間違いの親殺しみたいなやつ。先天的でもなく、動機もなく、だから百パーセントの親殺しじゃない。

S　確かに、そうだね。でも結局殺した相手は、知らなかったとしても、父親だった。

フェデリコ　うん、それはわかる。でも殺した時は知らない。自分で何をしているのかわかっていない。これって議論できるよね？

S　そうしたら、僕がそうだね、と言ったんだ。議論可能だって。そしたら、君はドアに向かって行って、挨拶して帰っていった。

フェデリコ　それだから、僕がそう言ったからかな。

S　だいたいはね。

フェデリコ　ドア閉める？

S　うん、ありがとう。

＊＊＊＊＊

S　フェデを選んだ二日後、私は刑務所に戻りました。自分からマルティンに問題が生じたことを伝えたかったのです。看守にコートへと案内され、そこで待つようにと言われました。怪我をして、医務室に行ったということでした。僕は彼が現れるまで数分待ちました。右拳に包帯を巻いていていました。

＊＊＊＊＊

マルティン　大したことじゃないから。
S　どうしたの？
マルティン　ちょっと捻っちゃって。
S　プレー中に？
マルティン　うん、でも大丈夫。
S　痛い？
マルティン　ちょっと。随分待たせた？
S　いいや、今来たばかり。
マルティン　聞いたんだけど…
S　何を。
マルティン　行けないってこと。
S　誰から聞いた？
マルティン　所長。
S　僕が直接言いたかったのに。
マルティン　でももう聞いたし、嫌なんだね。
S　警備の問題でさ。

マルティン　うん、そう言ってた。もういいよ。
S　でも、観客として公演に来られるように手続きしてるから、謝礼金がもらえるのも変わりない。
マルティン　うん、らしいね。でも同じじゃない。
S　そうだけど、舞台には上がれないけど、劇場に来られるし、毎晩僕らと一緒にいるんだ。舞台では、君の代わりに、俳優が立つ。
マルティン　映画みたいに？
S　そう。
マルティン　誰が？
S　オーディションで受かった俳優。
マルティン　僕に似てる？
S　ちょっとね。
マルティン　でも似てるはずでしょ？
S　いや、そうじゃなくてもいいんだ。
マルティン　でも、似てるの？
S　うん、似てる。ちょっと似てる。
マルティン　名前は？
S　フェデリコ。

マルティン　その人…僕がやることとするの？
S　彼が君のストーリーを物語るんだ。
マルティン　なんのストーリー？
S　君の。
マルティン　僕の真似するの？
S　えっ、そういうことじゃない。劇場に来てくれたらきっとわかるよ。
マルティン　でも、僕の役をやるんだったら、僕の真似ができないと。僕に似ているように。でしょ？
S　実際は、彼は君からインスピレーションを得るんだ。
マルティン　何に？
S　インスピレーション…ってわかる？
マルティン　よくわからない。
S　うーん、上手く説明できるといいんだけど。彼は別に君の真似をするんじゃない。俳優だからね。俳優の仕事は真似することじゃないんだ。登場人物っていわれるものを作り上げる。インスピレーションを得て、つまり、君や君のストーリー、僕に話してくれることを含めてすべてをもとに、人物像を作り上げるんだ。
マルティン　つまり、僕じゃないってこと。
S　えっと、そうだね、登場人物なんだ。君をもとに創り上げられる。実際君になれるのは君だけだから。

マルティン　だから、僕に舞台に出て欲しかったの？

S　そうだよ、君が出演してくれたら、君が君と登場人物両方だったわけだよ。

マルティン　残念だね。

S　うん、でも気にするなよ。どっちにしろ、君はその場にいるんだから。

マルティン　じゃあそこに座っていられるの？

S　そこに座ってるんだ。

マルティン　客席に？

S　そうだよ。

マルティン　ふうん。でも僕はこっち側にはいられないんだね。

S　うん。でもいるようなものだよ。君の物語はこっち側だから、君の話が語られるんだし。

マルティン　で、彼は来るの？

S　誰？

マルティン　なんて名前だったっけ？

S　フェデリコのこと？　俳優の？

マルティン　そう、彼は僕に会いにくるの？

S　いいや、多分来ない。ここに来るのだって結構大変なんだ。入るのは簡単じゃない。許可が沢山必要で。承認とかも。

マルティン　でも僕のこと知らなかったら、どうやってやるの？　一度も会ったことがないのに、僕の役をどうやってやるの？

S　でも、戯曲があるから。

マルティン　戯曲って？

S　僕が書くもの、今書いているんだけど、彼はそれを元に役作りするんだ。

マルティン　戯曲には何があるの？

S　いろんな事、君のストーリー、僕らが話すこと。君が語ること、僕らの出会いとか。こうやって話していること全部が、例えばだけど、戯曲にはありえるんだ。

マルティン　え？　全部って？

S　こうやって話していること全部。

マルティン　ここで？

S　そう。

マルティン　じゃあ、話すこと全部が台詞になるってことだね。

S　いや、全部じゃないけど。

マルティン　こうやって話していることは？　これも台詞になる？　僕が聞いていることも？

S　うん。

マルティン　え？　このまま？

S　うん、でも、後で変えるから。変える部分もあるよ。ちょっとね。話していることを全部書き起こすことはしない。

マルティン　書き？　なんだって？

S　書き起こし。コピー、複写。面白いのはちょっと変えるところにある。いくらか変えるのがオツなんだよ。

マルティン　じゃああなたもなんか考えるってこと。

S　うん、そう。結構考えるよ。

マルティン　ってことは、全く違うものだね。

S　全く違うって？

マルティン　だから僕は僕じゃないし、話していることも違ってくる。すべて変わってしまったものになる。

S　ある意味そうだね。ちょっとずれた感じかな。

マルティン　で、例えば、台詞に入れてほしくないものがあったら？

S　言ってくれればいい。

マルティン　言えば削除してくれるんだ。

S　話し合ってからね。

マルティン　でも僕が望まなかったら？

S　落ち着いて、君が嫌なことは出てこないから。

マルティン　うん。落ち着いてるよ。

S　じゃあ、よかった。
マルティン　でも万が一のことを考えてさ。
S　心配ないって。
マルティン　だって、色々と、知りたくないだろうし。
S　例えば？
マルティン　だって、ここに僕がなぜいるか知っているでしょ。そう言ったよね。僕の書類とか読んだって。
S　うん。
マルティン　だから、色々とさ、簡単じゃないんだ、みんなにそれを見られるって嫌になるかもしれないし。
S　何が？
マルティン　こうやって僕たちが話していることを書くってわかったら、なんか、ちょっと話していいのか、って。
S　嫌なことは書かないって言ったはず。戯曲は僕ら二人で書くようなもんだ。
マルティン　うん、そうなんだけど、話すのも結構難しいんだ。
S　そうだろうね。でも大丈夫、君が嫌なことは書かないから。それに、嫌だったら話す義務はないよ。
マルティン　僕…自分の父親を殺したんだ。

S　うん、知ってる。
マルティン　だから、いろいろさ、なんていうか、話すのが難しいんだ。
S　じゃあ、言わなくていい。話したいことだけ話せばいい。
マルティン　今度いつくる？
S　明後日。
マルティン　昨日僕が舞台に上がれないって聞いて、怖くなった。
S　何が？
マルティン　もう会えないかなって。
S　週に二、三回は来るから。
マルティン　入れてくれないよ。面会は普通二週間に一度だから。
S　承諾があるから。
マルティン　じゃあ、頻繁に会える。
S　君がよければ。
マルティン　僕はここにいるから。
S　あ、昨日君の名前の由来を調べてたんだ。
マルティン　何を？
S　君の名前の意味。マルティンの意味だよ。知ってる？
マルティン　ううん。

S　戦い、戦士。ラテン語からきている。マルティヌスに由来して、神マルスから派生した名前。神マルスって誰だか知ってる？
マルティン　全然。
S　戦いの神。
マルティン　へえ。
S　それ何？
マルティン　これ？
S　うん。
マルティン　ロザリオ。いつも身につけている。本当はここじゃこんなもの持っているといけないんだ。規則に書いてある。禁止されているって。時計、指輪、ネックレス、ブレスレット。他人を襲うのに使われる可能性があるって。でもロザリオは大丈夫らしい。
S　わかった？　例えば、ここで話してもらえるのは、ロザリオ。いつも身につけている。それに僕が一言付け加えてみる。ジャスミンの花びらでできている。
マルティン　何が？
S　ロザリオ。
マルティン　ジャスミンの花びら？　聞いたことないよ。
S　本当？　ジャスミンの花びらでできたの、結構あるよ。
マルティン　これは違う。

S　でも今はそう。

マルティン　母さんにもらった。だからずっと身につけている。

S　外すことないの？

マルティン　ううん。絶対。だから僕はいつもジャスミンの匂いがするんだ。

第二クオーター

S

　あの夜ホテルに着くとすぐに食事をとり、シャワーを浴びて、メールの返事を書き、彼の名前と苗字をグーグルに打ち込み、彼についての情報の検索を始めました。ウェブ上には六百六十六のリンクがヒット、様々な記事から無数にあるネットの意見箱まで飛ぶことができ、彼の名前は何度も出てきました。彼の写真も何度も出てきました。ほとんど同じ写真。子供の頃の写真で、信じられないことに父親と一緒に写ったものでした。これがその写真。海にいる。休暇中に撮られたものだと、後日マルティンが話してくれました。写真には笑っている二人が写っています。父親と息子。ご覧いただけるとおり、マルティンは父親の肩に寄りかかっていて、父親にキスをしている。二人とも髪が濡れている。きっと水からあがったばかり。パソコンがこの写真を映し出すたびに、二つのことを考えずにはいられませんでした。まず、頭から離れなかったのは親殺しについて記事にするマスコミの嫌味、おわかりの通り、わざわざ愛情溢れる父と息子の写真を選んで掲載するという厚かましさ。その画像が選ばれることに私はなんだか憤りを感じていました。受刑者の典型的な写真のほうがよかったのではないでしょうか。例えば、判決の日に裁判所に向かったり、そこから出てくる彼の写真。もしくは証明写真とか。でも二人がこんなにも仲むつまじく写っている写真はちがうでしょう。それに、二つ目に考えずにいられなかったのは、その写真を誰がとったのかということ。もちろんずっと考えていたのは母親ではないかということでした。なんども、その写真についてはマルティンと面会した時に話しました。で、なんどもそれを聞きそうになりました。写真をとったのは誰なのかと。一緒に写真を見ていた時、唯一私に話してくれたのは、自分の暖かい肌に父親の濡れた髪から水が滴っていたという清らかな思い出でした。

フェデリコ　後ろに海が見える。
S　ビーチにいるんだ。
フェデリコ　幾つなの？
S　誰が？
フェデリコ　マルティン。
S　この写真の彼は十歳。
フェデリコ　お父さんは？
S　彼とは二十歳ちがい。
フェデリコ　三十歳？
S　そう、二十歳の時の子だ。
フェデリコ　それで、彼は覚えてるの？
S　何を？
フェデリコ　写真のこと。

S　もちろん。

フェデリコ　どこのビーチ？

S　それは覚えていない。

フェデリコ　切ないよな。兄弟は？

S　いや、一人っ子。バスケはどう？

フェデリコ　まあまあかな。

S　毎日練習に行ってる？

フェデリコ　毎朝ね。

S　上出来だ。

フェデリコ　舞台でバスケをやる予定？

S　まだわからないけど。

フェデリコ　好きなの？

S　何が？

フェデリコ　バスケ。

S　いや、別に。好きじゃないけど嫌いでもない。全く関心がないだけ。それにほとんど知らないし。やっと最近になって少しわかり始めた。こないだマルティンにバスケ特有の単語リストを作ってもらうように頼んだんだ。語彙を知るために。作ってくれるって言ってた。

フェデリコ　あなたのインタビュー記事を読んだのだけど、お父さんって若い頃バスケやっていたんだってね。

S　うん。

フェデリコ　だからバスケについてやろうって決めたの？

S　いや、ちがう。関係ないよ。インタビューで父親のことを話したのは、バスケットボールコートの空間を使うって言ったら、バスケについてたくさん質問されて、ほとんど知らないし、知っているわずかなことはバスケをやっていた父がいたからだって言った。それだけ。でもそれはバスケのコートを上演スペースにするって決めたこととは全然関係ない。実際そう決めたのは刑務所のそこでマルティンと会うからだよ。

フェデリコ　彼バスケよくするの？

S　一日中。それしかしないと思う。

フェデリコ　上手？

S　うん、かなり上手い。

フェデリコ　僕も行った方がいいんだろ？

S　どこに？

フェデリコ　彼がいる刑務所。

S　いや、知り合うのは今のところ止めたほうがいいと思う。彼にとっても君にとってもね。

フェデリコ　そっか。

S　君が彼に会うことで一層混乱させると思って。好奇心をそそるみたいだし。理解するまで時間がかかることもある。こないだなんか、上演するってことがなかなか理解できなかったんだ。俳優の仕事がはっきりわからないからだよね。頭の中でごちゃ混ぜになっていて。真似することとか、コピーとか、模倣っていうことがね。

フェデリコ　僕も時々ごちゃ混ぜになることある。

S　うん、でも彼は違う。現前することと再現することの違いがわからない。彼のことを個人的に知らないでどうやって彼を誰かが演じられるかって聞くんだ。あと彼に似ていないのに彼になりきるなんて誰ができるのかって。違いがわからないみたいなんだ、モデルとそれを再現する時のコピーには常に存在する違いがね。

フェデリコ　簡単に理解できるものじゃないし。

S　そう？

フェデリコ　そうじゃない？

S　僕にとっては明らかだけど。僕たちの仕事すべてのベースみたいなもの。すべてがそこにあるみたいな。

フェデリコ　その距離感に？

S　うん…ちがう？

フェデリコ　かもね。

S　だから僕にとってはその距離感があるから芸術は現実よりも優れていると思うんだ。

フェデリコ　そうなのかな…

S　僕はそう信じている。
フェデリコ　本当に？
S　うん、絶対。
フェデリコ　僕はちがうな。
S　あのさ、調書に目を通した？
フェデリコ　うん、読み始めた。
S　全部読まなくていいよ。重要なところは印つけておいたから。
フェデリコ　まだ最初の報告書だけど。
S　面白いところはもっと先にある。
フェデリコ　それを使うつもり？
S　多分。法医学のところとか。
フェデリコ　まだそこは読んでない。
S　読むのに難しい箇所もある。
フェデリコ　そうだろうね。
S　近いうちに何を使っていくか見てみよう。
フェデリコ　戯曲はじゃ…まだ、ていうか、まだ書いている途中？
S　うん、そう。ちょっとずつ。
フェデリコ　彼との面会が終わるたびに書き進めているんだ。

S　君と話すたびにも。

フェデリコ　ふうん。そっか。毎日書き足しているんだ。

S　今は資料収集。寄せ集めている。後で整理してみるつもり。

フェデリコ　頭によぎることすべてを集めている感じ。

S　いや、すべてじゃない。なんらかの形で関係のありそうなものをすべて集めようとしている。例えば今さっき話したこの世を再現することがこの世よりもいいってことは、使えそうだ。さっき見た写真も。調書にある報告書のいくつかとか。君がオーディションの日に読んでくれたスフィンクスのテクストもそう。

フェデリコ　誰の作品？

S　スフィンクスのテクスト？　さあね、ウィキペディアからあの朝ダウンロードしたものだよ。

フェデリコ　それで、全部、後で整理するの？

S　形づくりをしていく。でもすこしずつ、急がずに。

フェデリコ　彼との面会からは、結構面白い材料とかあるんでしょ。

S　うん、もちろん。話してくれること以外にもね。目にすることとも。耳にすることも。例えば、午後刑務所から駅に向かうバスのなかでいつも運転手がずっとロベルト・カルロスの「アマーダ・アマンテ」を聞いているんだ。知ってる？

フェデリコ　いいや。

S　君は若いからね。
フェデリコ　聞いたことあるかもしれないけど。
S　名曲だよ。君が僕にくれた愛は…ってね。
フェデリコ　いや、やっぱり知らない。
S　別にいいよ。とにかく道中ずっと聞かされるから、夜じゅう頭からそれが離れなくて、どこかの場面で使えるかもって思ったんだ。だから多分どこかで使うと思う。
フェデリコ　『白鯨』も？
S　ううん。それは別のプロジェクトだから。これとは関係ない。それは別の劇場のために書いている作品。チームも違う。もっと先のはなし。もしかしたらビーチの写真からつくっていけるかもしれない。
フェデリコ　うん、ビーチの写真ね。
S　どうかした？
フェデリコ　いや、別に。他の人に自分が演じられることに不安になるって普通かなって。
S　うん、そうかもね。
フェデリコ　僕もそう思うかもしれない。自分が誰かに再現されるって嫌かもしれない。
S　うん、わかる。でも君一応役者だろ？
フェデリコ　まあね。
S　始めようか？

フェデリコ　了解。

＊＊＊

S　じゃあさ、何か話したいこととかある？

マルティン　話さなきゃいけない…？　起こったこと…？

S　ううん、そうじゃなくて。無理しなくていい。好きなことを話してくれたらいい。起こったことを話したければ話してくれてもいいし。

マルティン　で、僕に質問とかしてくるの？

S　うん、するかもしれない。でも今日は君の好きなように話してほしいんだ。

マルティン　そんなこと言われても、わからないよ。話したいことなんて。

S　質問されたほうがいい？

マルティン　たぶん。

S　じゃ、そうだね…

マルティン　でも難しい質問はやめて。中学中退だし。

S　うん、それだ。じゃそれを話してくれたらいい。

マルティン　何を？

S　勉強のこと。何年生までいたの？

マルティン　いや、三年、三年生まで。
S　学校好きだった？
マルティン　そんな時もあったかな。好きな先生は何人かいた。でも僕はいい生徒じゃなかった。
S　どうして？
マルティン　だって、わからなかったから、色々と。授業の話とか、全然わからなかった。
S　で、どうして辞めちゃったの？
マルティン　わからなかったから。多分。ある日行くのをやめた。行かなくなっておしまい。今は後悔してる。卒業していたら、きっと、すべてが違っていたんじゃないかって。頭の病気なんかにならなかったんじゃないかって。みんなにそう言われるし。僕、病気だって。ここの、わかる？　そういうことだよ。
S　そんなこと言われるの？
マルティン　カウンセリングにかかってる。月に一度会うんだけど。その人にはほとんど何も話さない。僕は病気なんだって言うし。だから、僕さ…だからさ、それが起こったんだよ。
S　でもそれは勉強とは関係がないだろ。
マルティン　でも僕は病気だから。
S　そうかな、そうかもしれないけど。でも勉強やめたから病気になんて普通ならないよ。
マルティン　僕の病気はここにあるんだ、頭の中。精神的な問題なんだよ。だから薬もあるし。

S　そっか。病気のことはわかった。僕が言いたかったのは、頭の病気になるのと勉強をやめたこととは関係ないってこと。

マルティン　あるよ。ちょっとは。だって馬鹿になっていくんだ。いつもそう父さんが言ってた。

S　何だって？

マルティン　僕が馬鹿だって。学校をやめたから前よりも馬鹿になったって。

S　親は子供にそう言う時もあるんだ。君が中退したことをよく思っていなかったからだろ。

マルティン　そうかも。でも父さんにはいつもそう言われてた。お前は馬鹿だって。お前は大馬鹿だって。役立たず。いつもずっとそう言われていた。学校やめてから馬鹿さが増した。ずっとそう言われてた。脳なし。役立たず。それで僕はだんだん病気になっていったんだ。これでわかる？

S　ここでも勉強できるって知ってる？

マルティン　うん。でも僕は…何も頭に入ってこない。

S　試してみたら？

マルティン　やったよ。やったけどさっぱりわからない。先生は喋るけど、先生の言っていることがわからないんだ。難しい言葉を使うから。あなたみたいに。

S　僕の言っていることわからない時ある？

マルティン　うーん。時々ちょっと複雑な言い方するから。

S　例えば？

マルティン　うーん。わからないけど。
S　でも、言ってくれないと。僕の言っていることがわからなかったら、言ってくれよ。
マルティン　カウンセラーの言うこともわからない。弁護士の言うことも。言っていることがわからない人なんてたくさんいるよ。
S　でも、だから先生がいるんだろ、わからないことを説明してくれるために。
マルティン　それはそうだけど、でも、恥ずかしいんだよ。
S　何が？
マルティン　うーん。四六時中質問ばかりしてると、恥ずかしくなって、恥ずかしくなったことないの？
S　うん、そうだね、いやないかな、いやある。時々。でも恥ずかしくなるのは別の時だね。
マルティン　みんな違うことに恥ずかしいって思うんだ。ある人はシャワーで、とか、裸になるのが恥ずかしいんだ。でも僕は別に恥ずかしいとは思わない。あなたは？
S　え？
マルティン　プールでシャワーを浴びるのに裸になる時恥ずかしい？
S　いや。どうして恥ずかしいの？
マルティン　うーん。ふつうさ、シャワーで裸になる時恥ずかしいって思う奴は、それが小さいからだよ。
S　だから知らないことを質問するのに恥ずかしいなんて思わなくていいよ。

マルティン　そう言うのは簡単。

S　うん、そうだね。

マルティン　あなたは先生？

S　うん、色々やっているけど、先生もしている。

マルティン　学校の？

S　いや、大学の。

マルティン　生徒とかいるの？

S　うん、学生がね。大学では学生っていうんだ。たくさんいる。

マルティン　頭がいいんだね、きっと。

S　そんなの関係ないよ。

マルティン　言いたいのは、すごく頑張って、勉強して、たくさん本とか読むんでしょ。

S　うん、それはそう。でも必要なのは粘り強さだよ。

マルティン　ほらね？　粘り強さって言葉。僕わからない。

S　意味知らない？

マルティン　知らない。

S　つまり、こつこつと、忍耐をもって、我慢してやること。

マルティン　そうか、我慢はわかる。

S　そう、そういう意味だよ。

マルティン　じゃあさ、どうして我慢って言葉使わないの？

S　うん、そのほうがよかったかもね。でも、別のを使いたかった。色々な言い方を知っていると、選ぶことができるんだよ。

マルティン　でも少ししか知らないと選べない。そこに問題があるんだ。だから人の言っていることがわからない。だから話されていることがわからない。それって僕だけじゃないよ。ここにいる人みんなそうだから。

S　そうだね、でも聞けばいいことだろ？　今君は新しい言葉を知っている。次は忍耐とか、我慢とかいう代わりに粘り強さって言えるだろ。

マルティン　なんだか先生が生徒に話すみたいに喋るね。

S　うん、そうかも。好きじゃないんだ、こういう話し方。

マルティン　僕は好きだな。

S　何が？

マルティン　だから、そういう喋り方を聞くこと。僕に説明してくれること。

S　でも僕は先生じゃないよ。

マルティン　さっきそうだって、言ったじゃない。

S　だから、君の先生じゃないってことだよ。

マルティン　なってくれても…

S　いやだめだよ。ここには先生としているわけじゃないし。君と話すために来ているのだから。君のことを知るために。前に説明したけど、戯曲を書くためにね。でも先生として来ているんじゃない。

マルティン　僕がずっと馬鹿のままでいてほしいんだね。

S　何でそういうことを言うの？

マルティン　だって僕の先生になりたくないって言うから。

S　問題を一緒にするなよ。君は色んなことを関連付ける癖がある。

マルティン　え、その最後の部分わからない。

S　だから、頭のなかですべてを混ぜこぜにしている。

マルティン　そうかも。

S　僕が君の先生じゃないことくらい十分わかっているだろ。

マルティン　うん、うん、もういいったら。

S　じゃあ、どうして君がずっと馬鹿でいてほしいと僕が思っているなんて言うの？

マルティン　冗談だよ。

S　人聞きの悪い冗談だ。

マルティン　考えずに言っちゃったんだ。

S　僕ができるのは、ここの所長と話をして編入の手続きをさせてもらえるように頼むことかな。

マルティン　ほらね。

S　何が？
マルティン　だからさ、さっさと肩の荷をおろしたい。手続きを手伝ってそれで終わり。それでほっとできる。
S　どういうこと。
マルティン　もういいって。
S　何だよ？
マルティン　別に。
S　別にってことないだろ。
マルティン　だって、時々思うんだけど、結局あなたたちみんな本当は僕たちを馬鹿にしてる。
S　あなたたちみんなって？
マルティン　だってみんな同じだから。
S　誰が？
マルティン　あなたたち。
S　どういうこと？
マルティン　僕らはみな、あなたたちに馬鹿にされてるんだ。
S　それはパラノイアだよ。
マルティン　なに、どういう意味かわからない。
S　君を馬鹿になんてしていないよ。

マルティン　してるさ。

S　していたらここにいないよ。

マルティン　どうだか。

S　そうさ。

マルティン　実際あなたがここにいるのはエゴからでしょ。

S　なんでそんなこと言うの？

マルティン　だって本当のことさ。ここにいるのは本を書くのが目的だから。僕の話を聞いてさ。

S　求めるのがそれだけだったら、調書だけ読んでいたらいいさ。

マルティン　そんなことないよ。あなたが求めているのは、調書に書かれていないことをしゃべってほしいからさ。僕が他の人には言っていないこと。誰にも言っていないこと。そういった…

S　そうかも、しれないね。

マルティン　そうでしょ。

S　それのどこがエゴなの？

マルティン　僕はどうでもいいってこと。

S　そう思う？

マルティン　僕でも誰でもいいんでしょ。あなたが知りたいのは何が実際に起こったのか。僕が何をしたのか。どうやってやったのか。何でやったのか。何回刺したのか、どこを。どうやってやったのかを詳しく話してほしいんでしょ。それにどうしてやったのかとか。理由とかさ。あなたの関心はそれだけでしょ。

S　でも、なにがいいたいの？

マルティン　それにさ、大切なのは上手に書くこと。あなたの本がかっこよくて。人に、すごいって言われたい。いい本ね！　って。そうでしょ。それから、言いたいんだよ、後から、実は殺人者に何回も会いに行ってそれを書いたんだって。コートの中で書いた。それが重要なんでしょ。

S　どうしてそんなことを言われなくちゃならないのかな。もうやめたければこれっきりにしよう。その方がいい。

マルティン　何？　怖いの？

S　ううん、違う。色々とはっきりしていないからさ、君事情がよくわかっていないと思うよ。

マルティン　だから？

S　だから、今日は帰る。

マルティン　ううん。待って、まだ行かないで。

S　今日のところはもういい。

マルティン　でもまだ行かないでよ。

S　じゃあ、何で僕にあんなこと言ったんだろうね。

マルティン　ごめんなさい。

S　いや、謝るとかの問題じゃない。そうじゃなくて、君の頭のなかで色々なことがごちゃ混ぜになっているみたいだから。

マルティン　だから僕は頭が悪いって言ったでしょ。色々混ぜこぜになる。なかなか理解できない。いつも混乱してさ、本当だよ。謝るから。

S　わかった。

マルティン　言ったことは全部、つまりさ、考えないで口から出ちゃったんだ。

S　言ったことの中には本当のこともある。そうじゃないのもあった。

マルティン　怒らないで。怒ったまま帰って欲しくないんだ。

S　ううん、怒ったままでは帰らないよ。

マルティン　また来る？

S　数日あけようか。

マルティン　リスト作っておくからさ。

S　何のリスト？

マルティン　バスケの用語を作っておくようにって言ったでしょ。

S　OK。

マルティン　でも、また来る？

S　さっき酷いこと言われたからなあ…

マルティン　うん、そう、わかったから。知りたいのはさ…

S　うん、僕もわかった。君が知りたいのは僕がまた来るかどうかってこと。

マルティン　待っていたらいいのか知りたいし。わかる？

S　来週の火曜日。来週の火曜日に来るようにする。

マルティン　了解。待っているから。

＊＊＊＊＊

S　翌週は行きませんでした。もう少し時間をあけてから次の面会に臨みたかったのです。刑務所の所長に電話をして、その火曜日は行かないと伝えたついでに、マルティンにとって勉強を再開させたほうがいいのではと言いました。そうだと所長は言いました。それはいい考えだと。でもマルティンはグループ活動に参加するのが苦手。孤独好きな囚人。それを聞くと、後悔した気持ちになって、やっぱり会いに行くと言ってしまいそうでした。でも言ったことを三分後に覆すのはいいとは思えませんでした。けれども所長にお願いすることを思いつきました、行けないのは病気だからで、よくなったら行くからとマルティンに伝えてもらえるように。電話を切る前、所長はマルティンが幻覚について私に話したかどうかを尋ねました。私はないと言いました。それについては全く話したことがないと。それに実のところ所長のおっしゃっている意味がわからないと。マルティンは幻覚を見るようでした。

＊＊＊＊＊＊

フェデリコ　幻覚？
S　うん、そう言ってた。でもそれは別の場面で話そうかな。
フェデリコ　わかった。でもそんなこと言うから…
S　そう、確かに。欲張りなんだよね。書き出すとすべてに手をつけたくなる。でも幻覚の件はあとから話す方がいい。もっと先にね。
フェデリコ　わかった、問題ないよ。
S　今は検死報告書の場面をやってみたいんだ。
フェデリコ　持ってきた。
S　読んだ？
フェデリコ　うん、結構ハードだね、特に写真が。
S　そう、気分がいいもんじゃない。
フェデリコ　それに二十一回刺したってことも衝撃だった。
S　結構すごいだろ。
フェデリコ　彼そのことはもう話したの？
S　何を？
フェデリコ　だから、どうだったのか、その瞬間。

S　いや、それに話すとは思わない。僕が求めているのはそんなことじゃない。聞くに耐えないかもしれないし。

フェデリコ　あとやった場所とか、キッチンでしょ、へえって思っちゃう。

S　そう、へえって思うかもしれないけど、実際にそこで起こったんだ、あの明け方喧嘩した時そこにいた訳だから。

フェデリコ　で、お父さんが言ったことすべてが原因だったの？　その侮辱が？

S　彼を売女野郎みたいに扱ったらしい、それが、彼を怒らせたらしいけど、それだけが原因で二十一回刺してお父さんを殺したとは思えないんだ。

フェデリコ　突然、理由もなく侮辱したの？

S　専門家の意見では、以前にも売女呼ばわりしていたらしい。人前でもね。

フェデリコ　うん、それ読んだ。

S　マルティンは体を売るようになる。結構前から。学校もやめていた。退学して数ヶ月は働いたんだけど、すぐに首になってしまうことが続いた。お母さんが亡くなってから二、三ヶ月後に、売春を始めたらしい。はじめはホテルや車の中でしていたんだけど、自分の家に客を連れ込むようになった。

フェデリコ　それで、親父さんにばれた。

S　それがはっきりしないんだ。父親はそれ以前から知っていたという説もある。誰かが父親に話したんだ。で、それから、知ってからは、言い合いになる度に売女呼ばわりするようになる。

フェデリコ　で、その明け方はなんで喧嘩したの？

S　それはかなり後の法廷審問の報告書に書いてある。これ。日曜だった。マルティンが明け方帰ってきた時、父親はキッチンにいた。水を飲もうと起きてきていて、マルティンが帰宅するのを見るとこう言ったらしい。お前、牛乳一パックも持ってこれないのか。マルティンは何か答えたんだけどすぐに父親に売女と言われたらしい。それで、マルティンはフォークを掴んで、二十一回刺した。報告書でも、マルティンがフォークを刺している最中も、父親は、え？　わからないのか？　牛乳一パックももてないオカマ野郎なんだよ、と言っていた。

フェデリコ　そんなこと言ったの？

S　そうなんだよ、色々な分析ができるかもな、乳というテーマ。母親のおっぱい、精液、栄養分の牛乳、活気を与えてくれる乳、ロラン・バルトが理論化したやつだよ。

フェデリコ　誰？

S　バルト。ロラン・バルト。フランスの記号学者。

フェデリコ　そっか。『恋愛のディスクール・断章』の。

S　そう、その人。クリーニング屋の車に轢かれて亡くなったって知ってた？

フェデリコ　誰？　バルトが？

S　うん、ある日フランスで学校の講義にいく途中、ちょうど道路を横断している時、クリーニング屋の車に轢かれた。けど、なんだかすごく印象に残っていたんだ、クリーニング屋の車みたいに白い色と関連づけられる何かに殺されたってことが。不思議だけど、結局自分が立てた理論に抹消された。時々思う。もしかしたらああやって死んだことも嫌じゃなかったのかもって。つまり、自分がずっと研究してきたことに轢かれたんだ。だからバルト的な死って言えるかもね。記号論的な死。

フェデリコ　難しい本だよね？

S　いや、難しいってことじゃなくて。今は簡単なものしか読まない傾向にあるからだよ。乏しいというか。結構前から、僕の学生なんてすべて読むのが難しいときている。君もそう？

フェデリコ　時々。

S　でも読んだ方がいい、バルトは演劇についてもいいこと書いているし。よかったら貸してやるよ。

フェデリコ　うん。

S　写真見てみようか。いくつか使いたいのがあるんだ。

フェデリコ　てことは、舞台で観客にみせるってこと？

S　多分。

フェデリコ　いいかもしれないけど、許可おりるのかな？

S　許可を申請しなくちゃな。

フェデリコ　だめだったら？

S　すり替えて別の写真を使う。YouTubeで殺人とかの動画見たことない？

フェデリコ　うん、ない。

S　結構ある。

フェデリコ　でもそれって本物？　本物の犯罪？

S　うん、もちろん。本当の犯罪の場面の数々。検死記録から画像とかが流出する。役人が売るんだ。僕らはそこから画像をいただくだけ。黒い目隠し線で目の部分を隠しておしまい。

フェデリコ　悪いアイデアじゃないね。

S　観客はでまかせでどうにかなる。内務省からのお達しとか、慎むべきことを考えて顔は隠さなくちゃならなかったとか。そうやって別の犯罪の写真をマルティンのやった犯罪の写真にすり替えるんだ。

フェデリコ　結構凄いのあるね。

S　興味深いのは三つ。

フェデリコ　例えばこれとか。

S　それは凄い。見てみようか。えっと、これからみる画像の数々をプロジェクションで映す前に、大切なことをお伝えしなければなりません。内務省の通達を実際に読み上げようと思います。「当局の責任として、劇作品の一場面で本物の遺体を上演に使ったり、またはそれを放映することは厳しく禁じられている、それが実際直接その場にある場合も、映像として映し出す場合であっても。映像については幾つかの留保がある。別の言い方をするならば、本物の遺体を舞台にのせることはできない。映像投影は顔面の三分の二が黒い隠し線で隠されていて、かつ観客が投影前にそのことについて警告を受けている場合に限る。」なので、皆さんに警告をしなければなりません、今から三つの画像を映したいと思います。三枚だけ。観たくなければ、今出て行って構いません。目をつぶることもできます。たった一分だけのこと。出て行きたい人はいますか？結構です。先ほども申しましたが、被害者の顔を三分の二、黒の隠し線でカバーしなければなりませんでした。まずこの写真。この写真で興味深いのは、明らかに体全体にわたって切り傷がみられることで、なんらかの形で、この傷はフランドル派の絵を彷彿させます。キリストの体にかなりの傷が描かれていたのは、彼の苦痛を強調させるためでした。この二枚目の写真では、父親の見開かれた目が印象的です。つまり、父親の目が犯行中閉じられることはなかった。自分の死を直視したということ。なんでしょう。見開かれた二つの目をみてこう考えたのです。自分が殺されている間ずっと観客のように振舞ったのではないかと。最後にこの三枚目、遺体のある場所が興味をそそるのです。父親が冷蔵庫のドアにもたれかかっているのが強烈です。そう感じたのは、殺した後、正午に警察に通報するまでの間、マルティンは冷蔵庫の中身をだすのに、何度かドアを開いたことを告白しているからです。息子が自分の父親の体を、遺体をおさえながら冷蔵庫を開けているという様子が強烈なのです。はい、以上です。

フェデリコ　正午にようやく警察に通報したの？

S　そう、父親の遺体はそのままで、午前中ずっと家にいたんだ。風呂に入り、朝ごはんを食べ、テレビを見た。お腹が空いたのでキッチンに戻る。桃をジューサーにかける。それを飲んでからようやく電話にむかう。交番に電話をすると、出た警官にこう言ったんだ。父をフォークで二十一回刺して殺しましたって。

フェデリコ　つまり回数を数えたってこと。
S　そうらしい。
フェデリコ　写真を見ながら考えちゃった。
S　かなり衝撃的だからね。
フェデリコ　うん。
S　と同時によく撮れた写真だと思う。技術的に。きっと腕のいいカメラマンだったんだろうな。
フェデリコ　簡単な仕事じゃなさそうだね。
S　検死カメラマン？
フェデリコ　誰も目にしたくないものを見なくちゃいけない。近づいて、ピントを合わせて、フレームにおさめる。いや、僕じゃ無理だ。
S　恐ろしいだろうね。
フェデリコ　一枚目は強烈だよ。絵と比較していたけど、どんな絵だっけ？
S　フランドル派の絵。それに美しい写真とも言えるかも。
フェデリコ　写真と見せられない部分があるってところが頭に引っかかっていたって言いたかったんだ。それで、ギリシャ悲劇のことが浮かんだんだ。暴力的なシーンって上演できなかったよね。
S　確かに。それは思いつかなかった。ギリシャ悲劇といえば、昨日『コロノスのオイディプス』を使って作業していたんだけど、読んでいたらこんな箇所をみつけたんだ。それを読んだ時、君がオーディションの日に言ったことが頭にうかんだよ。オイディプスは間違った親殺しとか本当の親殺しじゃないってこと、殺した時、相手が自分の父親だって結局知らないってこと。ある意味ソポクレスも同じことを言っている。注目すべきはそれをオイディプス自身に言わせていること。読んでみてくれる？　下線が引いてある部分。

フェデリコ　「私が父に翻り、殺めてしまったのは、自分の犯している行為に盲目で、相手の素性にも完全に盲目であったからなのに、なぜ自分が犯したくもなかった罪を責められ罰せられなければならないのか？　道中で突然誰かに殺されそうになったら、自分を守る前に、その者が父親かどうかを調べるか、それとも自分を守ろうと必死になり相手を攻撃するだろうか？　自らの命がかかっているなら、相手が誰なのかを知ろうとする前に奴を殴るだろう。それが私の陥った禍。それに父の魂が生きていたならば私に反対はするまい。」

S　最後の一文いいよね。それに父の魂が生きていたならば私に反対はするまい。

フェデリコ　すごい。僕がオーディションで言ったことと同じ。オイディプスは百パーセント父親殺しじゃないんだ。

S　うん。でもソポクレスの言い方のほうがいいね。

フェデリコ　意地悪だな。

S　それにもっと意味が広がる。言っているのは結局皆知らず知らずのうちに自分の父親を少し殺してしまっているってこと。

フェデリコ　そうかも。変なのはいつも父殺しの例としてだされること、本当はすべてが混乱して曖昧なのに。

S　確かに。だからこそ父殺しの完璧な模範として機能するのかも。少なくとも曖昧で混沌とした領域だってこと否定できないよね。

フェデリコ　そうだね。

S　たぶん、絶対に物事が明らかではない場所。みんな何らかの形で同じようなことを経験する。だから皆、オイディプスみたいに、曖昧なテーバイを一つ持っている。ちょっと混乱していて暗くて。なんていうか、不可解な場所、テリトリー。ちがう？　テーバスランド的なもの。

フェデリコ　何？

S　『テーバスランド』。ほらね。タイトルみつけたよ。

フェデリコ　なんのタイトル？

S　これの。これのだよ。『テーバスランド』。

フェデリコ　『テーバスランド』？

S　うん。気に入った。シュートでもしてみる？

フェデリコ　了解。

＊＊＊＊＊

S

その夜ホテルに着くと、刑務所から送られてきた手紙がありました。彼からのお詫びの手紙。私に対して口が過ぎたとまた謝ってきたのです。それはたった二行の短いものでした。裏面には、たくさんの用語の長いリストが書かれていました。彼に依頼してあったバスケの用語集。それがこれ。非常に美しいリスト。五つのパートに分かれています。各パートにマルティンは名前をつけていて、それは試合で使われる五つの時間もしくはピリオドを指すものでした。第一クオーター、第二クオーター、第三クオーター、第四クオーターと延長。その夜何度も読み返しました。彼のすぐれた文学作品に感銘を受けずにはいられませんでした。書かれた言葉の連なりには作文をする上での向上心は見られませんし、文法的誤りに対する不安がないことも確かでした。動詞もなければ、接続詞もなかったけれど、マルティンが頭の中で再現していた一連のイメージのすべてを、彼が言葉をとおして探求してこしらえた文学作品であることは明らかでした。白紙の上にイメージを運ぶ作業を彼はやってのけたのです。読むたびにいつも感じるのは彼がそれを書いた時に感じていたであろう快感です。ヒエラルキーが全くなく、作文の構成を心配することなしに言葉を並べる喜び。一つ一つの言葉の前後に何が来るのかを問うことなく綴る喜び。リストは次の通り。第一クオーター。バスケットボール。ゲーム。競技。選手権。試合。対戦。ピリオド。ゲームタイム。ロスタイム。得点。点数。ダブル。トリプル。引き分け。スローイン。ショット。第二クオーター。チーム。五人対五人。コーチ。選手。ゲームメーカー。ガード。ウィング。パワーフォワード。補欠。審判。予備の審判。記録係。タイムキーパー。コミッショナー。ディフェンス。オフェンス。仲間。競争相手。勝者。敗者。体。手。腕。肘。肩。ヒップ。腰。足。膝。

足首。第三クオーター。パス。チェストパス。バウンズパス。アンダーパス。フックパス。ビハインドパス。オーバーヘッドパス。アリウープパス。エルボーパス。ワンハンドパス。ハンド・トゥー・ハンドパス。ショット。ジャンプショット。フリーショット。バンクショット。ダンクショット。フックショット。ドリブル。ドリブルコントロール。プロテクトドリブル。パワードリブル。ディフェンス。マンツーマンディフェンス。ゾーンディフェンス。混合型ディフェンス。プレッシャー。第四クオーター。規則。違反。ファウル。パーソナルファウル。ファイティング。アンスポーツマンライク・ファウル。テクニカル・ファウル。ディスクオリファイイング・ファウル。ホールディング。ブロッキング。プッシング。侵入。ペナルティ。処罰。スローイン。フリースロー。選抜。失格。延長。コート。コート内。ハーフコート。センターサークル。バックコート。フロントコート。周囲。エンドレスライン。フリースローライン。スリーポイントライン。制限区域。ボール。ボード。リング。網。ロッカールーム。棚。シャワー。スタンド。観衆。ハーフタイム。休憩。インターバル。合間。

幕間

第三クオーター

S　いいね、君がプレーするのを見るって。
マルティン　うん、みたいだね。
S　何が？
マルティン　僕のこと見るの好きなんでしょ。
S　君だって見られるの好きだろ？
マルティン　いやじゃないって、言ったよね。
S　上手いね。
マルティン　それもわかってる。タック。タック。タック。ここからでもできるよ。タック。
S　狙い方がいいんだね。
マルティン　うまく計算するんだ。距離と速さの問題。それだけ。わかる？　タック。タック。
　タック。入れば？
S　うん。
マルティン　やってみる？
S　いや、やめとく。
マルティン　どうして？

S　運動音痴だから。
マルティン　全然？
S　だめ。
マルティン　サッカーは？
S　いや、サッカーもしない。
マルティン　嫌い？
S　見るだけ。時々見るのはいいね。
マルティン　そうだね。僕はバスケをするのは好きだけど、試合とかはサッカーを見る方が好き。好きなチームは？
S　特にない。
マルティン　僕はマンチェスター・ユナイテッド。
S　僕は別に。
マルティン　マンチェスター・ユナイテッドは最高。選手は誰が一番好き？
S　選手？　ベッカムはいいね。デビッド・ベッカム。クリスティアーノ・ロナウドは好きだな。あとメッシのプレーも。
マルティン　ジダンは？
S　うん、もちろん。いいね。
マルティン　一番好きな選手。

S　上手いよね。
マルティン　最高だよ。他の選手と比べてもダントツなんだ。
S　そうだね。
マルティン　彼みたいなのはいない。
S　あのヘディングもすごかった。
マルティン　ヘディング…
S　マテラッツィにやったヘディング。
マルティン　侮辱するからだ。お姉さんのことを。マテラッツィはジダンのお姉さんのことを侮辱したんだ。
S　そう、そうだった。
マルティン　お母さんのことも。
S　YouTubeで時々見る。
マルティン　何を？
S　そのヘディングのシーン。ジダンがマテラッツィの胸に向かってやったのをみるのが好きでさ。
マルティン　へえ。二歩さがって、結構痛そうな打撃をバシッ。軽快にセンターに命中。ジダンは最高だよ。じゃあサッカーは知ってるんだ。
S　いや、ちょっとだけ。

マルティン　あなたへのインタビュー記事を読んだけど、お父さんって若い頃バスケやってたんだって。
S　うん、そう。読んだ？
マルティン　司書のひとが見せてくれた。その人知ってるから…呼ばれてさ、見せてくれたんだ。プロの選手だったの？
S　僕の父？
マルティン　うん。本当の選手だったの？
S　うん、若い頃ね。
マルティン　今は？
S　今はちがう。数年しかプレーしなかったし。結構昔のこと、僕が生まれる前。そのあとはやめたんだ。
マルティン　上手だった？
S　さあね、見たことないし、多分。いい選手だったのかも。実際、聞いたことない。そんなこと聞こうとしたこともなかった。
マルティン　もう死んじゃった？
S　誰が？　僕の父？　いや、生きてる。今朝も話した。
マルティン　仲いいの、お父さんと？
S　うん、普通かな。時々喧嘩することもあるけど、仲はいいと思う。

マルティン　じゃあ、お父さんのこと好き？
S　そりゃもちろんだよ。
マルティン　お父さんは？
S　え？
マルティン　だから、お父さんもあなたのこと好き？
S　もちろん、っていうか、一度も尋ねたことないけど。そうだと思う。大切にしてくれているって思うよ。
マルティン　僕は父親に好かれたことなんかない。僕も一度も尋ねたことないけど。わかっていた、いつもそう言われていたから。四六時中。
S　何て言われてたの？
マルティン　お前なんて嫌い。お前が嫌いだ、って。何かあると、問題があったりすると、いっつもお前が嫌いだって口にするんだ。一度も愛したことなんてない。今後愛することもないって。いつもそれをなにがなんでも伝えようとする。小さい時から。すっごく小さい時から。僕のそばを通るだけで殴るんだ。タック。殴る。平手打ち。不平を言うと、タック、もう一回。それが好きだったんだろうな。
S　何が？
マルティン　僕を殴るのを楽しんでいた。快感だったんだ。母さんも叩かれてた。理由もなく。タック。不意打ち。タック。突然僕らを叩きのめしたくなるんだ。タック。タック。タック。べルトを手にした時には、背中をやられた。

S　ベルトで？

マルティン　うん、ここ。ここら辺。一番痛いところ。仕事の同僚の前ですることもあった。椅子に座らせて、僕を前に立たせ、殴るんだ。あらゆるものを使って。でも一番嫌だったのはベルト。バックルだよ。キツかった。それにベルトは跡が残るんだ、体に。傷みたいに。何日も痛くて。体を動かしたり、シャワーを浴びたりする時とか。ここを殴られたこともある。首のこのあたり。血管が通っているとこ。やられると痛みが頭にまで響いてそれが数日続くんだ。本を手にすると、本でもやられた。圧縮機みたいにして手を挟むんだ。指を。やられたことない？

S　ない。

マルティン　血が出るまで押さえる。だから本は耐えられない。わかる？　だから図書館にはいけない。思い出しちゃうから。恐ろしいほど痛いんだ。ドアに手を挟まれる感じ。爪が黒くなることもあった。母さんが死ぬまで。僕が大きくなると次第に暴力は振るわなくなっていった。母さんへの暴力は続いた。母さんが死ぬまで。僕はだんだんされなくなった。その代わりに暴言を吐くようになった。ひどいことばかり言われた。馬鹿だ、役立たず、脳足りん、くそったれ、四六時中。そのうち母さんが死んだ。母さん死んじゃったんだ。

S　うん、知ってる。

マルティン　癌で死んだ。子宮癌だって。それからさらに状況は悪化した。僕のせいで母さんが死んだって言うようになった。僕を産まなければ、母さんは子宮癌にならなかったし、死ぬこともなかったって。あの時が最悪だった。家を出たかったけど行く当てもない。だから働かなければならなかった。稼がないとって。でもどこに行っても使いものにならなかった。

S　どうして？

マルティン　役立たずだから、父さんの言うとおり。結局間違ってなかったんだ。どこ行ってもお払い箱。でついに、体を売った。そしたら、うまくいってさ。恥ずかしいし、不運でも、こなせたんだ。

S　他の仕事と変わりないだろ。

マルティン　いや、他の仕事と同じじゃない。不幸だけどできたのはそれだけ。そのころから売女って父さんに言われるようになった。父さんの同僚の一人をはした金でお客にとったんだ。そしたら、そいつ父さんに言いやがった。僕が体を売っているって。その人、昔僕が小さかった頃うちのソファーに座ってベルトで僕が父さんに叩かれるのを見に来ていた一人だった。それを機に父さんは僕に余計にしつこくなった。前はお前にたいして怒っていたけど、今は吐き気がするって。で、すれ違うたびに売女って言われた。売女呼ばわり。僕に用がある時必ず売女って呼ぶんだ。しまいには我慢できなくなって、殺しちゃった。ある朝。日曜。写真あるよね。見た？

S　ああ、見たよ。

マルティン　全部見た？

S　うーん、何枚か。報告書に添付されている写真。

マルティン　じゃあ、全部見たんだ。何度か見させられた。現場の再現をしなくちゃいけなかった時とか。犯行の再現。知ってる？
S　うん。
マルティン　すべてが同じじゃないといけない。正確じゃないと。だから写真を見せられる。現場検証っていうんだ。連れて行かれて、全部同じことをしなくちゃいけない。一つ一つ。順番も。警官の一人が…死人、父さんの、遺体の役。それで自分はすべて同じことをやる。変だよね。同じじゃないのに同じであるようにするって。今何時？
S　もうすぐ五時。
マルティン　迎えが来るんだ。医者にみてもらうから。
S　どこか悪いの？
マルティン　ううん。薬をもらうだけ。癲癇。って知ってる？
S　うん、知ってる。
マルティン　そう、そうなんだ、癲癇なんだ。
S　うん、知ってるよ。
マルティン　時々…体じゅうが震えて、幻覚があって、顎が痛くて。だから薬を飲んでなくちゃいけない。でもさ、一番落ち着かせてくれるのはロザリオ。だからいつも持ってる。
S　お母さんにもらったロザリオ？
マルティン　うーん。もらった訳じゃないんだけど、母さんの死んだ後、僕がとった。母さんのだった。母さんの形見でもっているのはこれだけ。どう？

S　素敵だね。
マルティン　素敵。いつもさ、あなたが使う言葉って…
S　だって素敵じゃないか。
マルティン　母さんはいい人だった。母さんは僕のことを大切にしてくれた。僕も母さんが好きだった。僕たちの間には何かがあった。なんていうか、愛し合っていたんだ。本当に愛し合っていた。母さんは僕のほうを愛していたと思う、父さんよりも。
S　もうすぐ迎えの時間だね。
マルティン　うん、そう。帰る時間だね。次はいつ来てくれる？
S　明後日。
マルティン　ＯＫ。あの、一つ聞きたいんだけど、本当だと思う？
S　何が？
マルティン　子供を産んだせいでお母さんが死んでしまうってこと。癌は妊娠が原因だったってこと。
S　全く関係ないだろ。
マルティン　だよね。じゃあ、また明後日。ここにいるから。いつもみたいに。
S　まだバスケしてるの？
マルティン　迎えがくるまで。
S　汗だくになるよ。

マルティン　構やしない。タック。タック。タック。

＊＊＊

S　汗かいている？
フェデリコ　走ってきたんだ。遅れたくなくて。
S　落ち着いて。大丈夫だから。
フェデリコ　あのバスに乗り遅れたら、大変なんだ。
S　家遠いの？
フェデリコ　三十分くらい。
S　息切らしてるね。
フェデリコ　すぐ落ち着くから。
S　昨日の夜、台本送ったんだけど。
フェデリコ　読んだ、すっごくいい。
S　ホテルに着くとすぐに書いたよ。
フェデリコ　インスピレーションがあったとか？
S　昨日実はマルティンが話しっぱなしで、いろんなことを話すんだ。突然語ってくれて。犯行のこと。父親のこと。母親のこと。癲癇のこと。

フェデリコ　癲癇って本当なの？

S　そうだよ。

フェデリコ　作り話かと思った。あなたの。

S　違う。昨日聞いた事をほとんどそのまま書き下ろした。幻覚症状のある癲癇らしい。僕が書いたとおりに彼は話したんだ…自分で実際何を書いたか覚えてない。

フェデリコ　幻覚を見るんだ、って書いてたよ。

S　そう、そう彼が言ったんだ。あまり質問攻めにはしたくなかった。でも刑務所から出た時、彼の担当医を紹介されて、ちょっと話した。幻覚症状を伴う深刻な癲癇なんだって。専門家によると思春期のころから患っていたはずなんだけど、最近になって診断された。大変な病気で肉体的にも精神的にも苦しいらしい。担当医が言うには、決まった状況下で発作が引き起こされるんだって。

フェデリコ　本当、あなたの作り話かと思った。

S　違う。しようとすればできるけど違うんだ。本当の癲癇。今もう少し知りたいのは幻覚の事。

フェデリコ　医者は言ってなかった？

S　言ってない。でも彼の口から直接ききたいんだ。昨日の夜、書き終えたあと、ネットで幻覚について検索してみた、記事から記事へと読み進めていたら聖人とか奇跡とか霊の出現とかにたどり着いた。そしたら理由はわからないけど聖マルチヌスについての検索を思いついて。聖人だよ。トゥールの聖マルチヌス。衝撃的な発見があった。色々重なるところがあったんだ。

フェデリコ　聖人と？

S　そう。マルティンと聖人の生涯にね。例えば聖マルチヌスはローマの将校だった父親と不仲で、父親は息子がキリスト教に改宗することに反対した。その後、聖マルチヌスには常に幻覚症状があった。他者への疎外感。修道院での世俗と隔離された孤独な生活。いろんな事がマルティンと繋がるんだ。でも一番びっくりしたのは聖マルチヌスの描かれた絵で、彼の頭上にオレンジ色の炎の円がかかれているんだ。

フェデリコ　炎の円？

S　きっと彼の奇跡の一つだったんだろうね。ミサを行っていた時に、突然炎の球が頭上に現れた。典礼の間ずっと聖人のうえにオレンジ色のボールが浮かんでいるみたいで。不思議なのはその絵が、バスケのボールに似てること。信じられないだろ。ほら、これなんだけど。

フェデリコ　ほんと。バスケのボールにそっくり。

S　実際はなんだったんだろうね？

フェデリコ　何が？

S　ミサの間じゅう、参列者がみたっていう炎の球。

フェデリコ　幻なんじゃないかな。

S　光の反射とかかな。それか本当に炎の球だったのかも。

フェデリコ　かもね。奇跡って信じる？

S　時々は。

フェデリコ　僕は信じない。
S　わからないぞ。
フェデリコ　信者なの？
S　悪く思わないでほしいんだけど、それってちょっと不躾な質問だよね。
フェデリコ　ごめんなさい。
S　別にいいよ。
フェデリコ　気づかなかった。
S　もういいって。昨日送った台本印刷できた？
フェデリコ　うん。ほらこれ。ロザリオのところいいね。
S　最後あたりを読んでみたいな。
フェデリコ　いいよ。どこから？
S　時間をきくところ。
フェデリコ　ＯＫ。
S　始めようか？
フェデリコ　何時？
S　もうすぐ五時。
フェデリコ　迎えが来るんだ。医者にみてもらうから。
S　どこか悪いの？

フェデリコ　ううん。薬をもらうだけ。癲癇。って知ってる？
S　うん、知ってる。
フェデリコ　そう、そうなんだ、癲癇なんだ。
S　うん、知ってるよ。
フェデリコ　時々…体じゅうが震えて、幻覚があって、顎が痛くて。だから薬を飲んでなくちゃいけない。でもさ、一番落ち着かせてくれるのはロザリオ。だからいつも持ってる。
S　お母さんにもらったロザリオ？
フェデリコ　うーん。もらった訳じゃないんだけど、母さんの死んだ後、僕がとった。母さんのだった。母さんの形見でもっているのはこれだけ。どう？
S　素敵だね。
フェデリコ　素敵。いつもさ、あなたが使う言葉って…
S　だって素敵じゃないか。
フェデリコ　母さんはいい人だった。母さんは僕のことを大切にしてくれた。
S　ストップ…そこに付け加えたいことがある。母さんの形見でもっているのはロザリオだけってところに、ＣＤも形見でもっているってしたいんだ。例えば…こんな感じ…母さんの死んだ後、僕がとった。母さんのだった。母さんの形見でもっているのはこれだけ。これと一枚のＣＤ。いつも聞いていた一枚。ロベルト・カルロスのＣＤ。彼のファンだった。そのＣＤに母さんの好きな曲が入ってる。『アマーダ・アマンテ』。みたいな感じ…

フェデリコ　ロザリオのあと？
S　ちょうどその後。母さんの形見でもっているのはこれだけ。これと一枚のＣＤ。ＣＤとか、ロベルト・カルロスとか、『アマーダ・アマンテ』のことを言って、その後、ロザリオをどう思うか聞くんだ。
フェデリコ　前に話してくれた歌手だよね？
S　そう。ロベルト・カルロス。聞き始めたらあの曲が頭から離れなくて。それに曲はタイミングとしてちょうどいいと思うんだ。母親に抱いている愛情について話している時に。曲知らなかったよね？
フェデリコ　うん、知らない。
S　持ってきた。聞いてみようか。
フェデリコ　うん。それからロザリオのことで一つ言いたかったのだけど。ジャスミンのロザリオって彼が言うところ。
S　うん、ジャスミンの花びらのロザリオ。
フェデリコ　バラの花びらのロザリオのほうがよくない？
S　どうかな。バラの花びらだとちょっと女性的かなって思ったんだ。ジャスミンのほうが、なんかわからないけど、男性的のような気がして。
フェデリコ　バラの花びらのほうがいいよ。ロザリオ。ローズ。
S　どうかな。おかまっぽく聞こえないかな。バラの花びらのロザリオ。バラの香りがする囚人。ゲイ好みの美しさっぽくない？

フェデリコ　問題かな。

S　っていうか、考えてみるよ。ほら、これがその曲。

フェデリコ　ああ知ってる。聞いたことある。

S　有名だから。バックに曲を流してやってみたい。…お母さんにもらったロザリオ？　の後から。

フェデリコ　うーん。…もらった訳じゃないんだけど、母さんの死んだ後、僕がとった。母さんのだった。母さんの形見でもっているのはこれだけ。これと一枚のＣＤ。いつも聞いてた一枚。ロベルト・カルロスのＣＤ。彼のファンだった。そのＣＤに母さんの好きな曲が入っている。『アマーダ・アマンテ』。でも一番落ち着かせてくれるのはこれ。ロザリオ。どう？

S　素敵だね。

フェデリコ　素敵。いつもさ、あなたが使う言葉って…

S　だって素敵じゃないか。

フェデリコ　母さんはいい人だった。母さんは僕のことを大切にしてくれた。僕たちの間には何かがあった。なんていうか、愛し合っていたんだ。本当に愛し合っていた。母さんは僕のほうを愛していたと思う、父さんよりも。

S　これって凄くない？　本当に愛し合っていた。母さんは僕のほうを愛していたと思う、父さんよりも。って強烈だよね。

フェデリコ　そう言ったの？　そのとおりに？

S　うん、そう。本当に愛し合っていた。母さんは僕のほうを愛していたと思う、父さんよりも。変だな……。

フェデリコ　何が？

S　君のスニーカー、彼のと同じ。

フェデリコ　ナイキの？

S　うん。同じモデルで、同じ色。

フェデリコ　本当？

S　同じだよ。まったく。

フェデリコ　値段からすると、彼のは密売品、偽物かも。

S　そうかもね。

フェデリコ　コピーなんじゃないかな。最近のコピー品ってすごいんだ。これはオリジナルだよ。

S　逆かもしれないよ。

フェデリコ　へえ、そうかな。

S　君のが偽物かも。

フェデリコ　そう思う？

S　可能性はあるんじゃない？

フェデリコ　もう一回曲聞かせてくれる？
S　もう一度？
フェデリコ　いい？
S　もちろん。
フェデリコ　なんかまた聴きたくなっちゃって。

＊＊＊

S　どう？
マルティン　いつも聞いていた。鍵をかけて部屋に一人で閉じこもって、大きい音で聞いていた。ボリュームいっぱいに上げて。泣いているのを僕に気付かせないため。歌詞全部知ってる。よく歌うよ。ほぼ毎日。アヴェマリアのお祈りみたいなもの。アヴェマリアのお祈り、暗唱できる？
S　うん。
マルティン　全部、全部？
S　うん、全部。
マルティン　きかせて。
S　何を？
マルティン　言ってみてよ。

S　え？

マルティン　アヴェマリア。

S　アヴェ、マリア、恵みに満ちた方、主はあなたとともにおられます。あなたは女のうちで祝福され、ご胎内の御子イエスも祝福されています。神の母聖マリア、わたしたち罪びとのために、今も、死を迎える時も、お祈りください。アーメン。

マルティン　最初のは天使が言う言葉。天使ガブリエルが妊娠してることを知らせに来た時。

S　うん、きれいだよね。ご胎内の御子イエスも祝福されていますって。

マルティン　じゃ、信者なんだ。

S　え？

マルティン　だから、神様のこと信じてるんでしょ？

S　その質問に答えるのは難しいな。

マルティン　あのさ、僕には、聞かないの？

S　僕は誰にもそれを聞かないことにしているんだ。

マルティン　僕にはしてもいいよ。

S　じゃあ…信じてる？

マルティン　うん、当たり前だよ、信じてる。信者なんだ。ずっと信じてきた。それにいろいろ見えるんだ。何度か幻覚とかみて、だから頭痛がしたり、発作が起きたりするんだ。

S　で…何を見たの？

マルティン　うーん、夢の中でさ、でも今はそのことは話したくないな。
S　ＯＫ。
マルティン　話さなきゃダメ？
S　何を？
マルティン　それについて言わないといけないかなって。
S　ううん。別に話さなくていいよ。好きなことを話すんだ。いつもと同じ。
マルティン　じゃあ、あなたは何を話したい？
S　書いている台本がかなり進んだって言いたかったんだ。
マルティン　完成した？
S　いや、まだ。
マルティン　僕、結構登場する？
S　ずっと。
マルティン　僕は何しているの？　話しているの？
S　バスケもしている。
マルティン　ほんと？
S　うん。君の役をやる俳優は毎日バスケのトレーニングをしているんだ。
マルティン　僕はそんな風に舞台に登場するの？
S　うん、ずっとね。主人公だから。

マルティン　スーパーヒーローみたいに？
S　うん、そんな感じ。
マルティン　じゃ、僕はいい奴なんだ。だってスーパーヒーローって正義の味方だよね。
S　君が主役。主人公、一番重要な役。
マルティン　でも僕はいい奴？
S　うん、いい奴さ。
マルティン　やった！
S　何て言うか…普通の人と同じ。いい奴でも悪い奴でもない。それかいい奴と悪い奴が混ざっ
ている感じかな。
マルティン　でも、だいたいはいい奴なんだ。
S　そうだよ。
マルティン　じゃあ、あなたの作品の中では僕は父さんを殺さない？
S　殺すよ。
マルティン　殺しても僕はいい奴？
S　読んだ時に気づいてくれると思う。タイトル決まったって言ったかな？
マルティン　え？
S　タイトルだよ。上演する作品につけるタイトル。『テーバスランド』っていうんだ。
マルティン　え？

S　『テーバスランド』。テーバスの土地。ランドってのは英語で土地を意味するんだ。

マルティン　テーバスは？

S　テーバス、テーバイとも言われるよく知られた町の名前。古代都市でオイディプスの神話に登場するんだ。オイディプスって聞いたことある？

マルティン　ううん、知らない。そんな人。

S　君と同じような体験をした人。

マルティン　お母さんを亡くしてしまった人？

S　オイディプスは父親を殺した人。でも存在したかどうかは不明。神話だから。物語。オイディプスはその物語の主人公なんだ。

マルティン　スーパーヒーロー？

S　そのとおり。あらゆる物語のスーパーヒーローさ。

マルティン　彼も捕まったの？

S　いや。物語はそうじゃない。実際には父親を殺した時、父とは知らなかったんだ。小さい時に両親に捨てられたから。誰かに預けられたらその人にくるぶしから木に吊るされた。だからオイディプスっていう。名前は膨れた足の人って意味。そのあと別の人が彼を降ろしてくれて命が助かると別の国に連れて行かれた。

マルティン　テーバイから遠くに？

S　そう、コリントに。それで大人になってテーバイに戻る途中、自分自身の父親であり、テーバイの王であることを知らずに殺してしまう。それでテーバイの妃と結婚するんだ、母親とは知らずに。

マルティン　お母さんと結婚？

S　そう。

マルティン　お母さんと寝るの？

S　そう、もちろん。

マルティン　愛し合うの？

S　子供ももうけた。

マルティン　二人の？

S　そう、二人の。

マルティン　それで彼女は彼が自分の息子だって知ってたの？

S　いや、二人とも何も知らなかった。

マルティン　じゃあ二人とも悪くない。

S　でもある日すべてを知ってしまう。ある日彼は自分が殺した男が父親で、結婚した妻が母親だと知るんだ。

マルティン　それでどうなったの？

S　目をくり抜くんだ。

マルティン　こうやって？　一度に？

S　そう、母親の遺体のあった部屋に行って、母親はすべてを知ると首を吊ってしまったんだけど、彼女の髪飾りをとるとその尖ったピンの先で目をつぶすんだ。

マルティン　目が見えなくなっちゃう？

S　完全に。目の代わりに真っ黒な穴が二つ残った。

マルティン　それから？

S　追い出される。追放されるんだ。出て行かなきゃならない。

マルティン　テーバイから？

S　そう。テーバイから。

マルティン　そっか。

S　うん。町ではみんなに嫌われてしまったし。この物語聞いたことない？

マルティン　あったかな。う一ん。学校で…先生が似たような話をしてたかな。ギリシャ悲劇のような。

S　うん、それだよ。その物語についてあとから色々な人が書いたんだ。ギリシャでは何世紀も前にその物語を題材に悲劇って言われる劇作品が書かれた。『オイディプス王』っていうのと、『コロノスのオイディプス』というのがある。

マルティン　うん、確かに悲劇だよね。

S　そう、だから僕の作品に『テーバスランド』ってつけた。わかった？

マルティン　でも僕はお母さんと寝てない。

S　うん、知っている。でもある意味オイディプスは君みたいな経験をしている。

マルティン　父親のこと？

S　そう。だから父親を殺した人を話題にする時、常にオイディプスのことも言われる。よかったら持ってくるよ、読んでみる？

マルティン　映画にもなった？

S　うん。何本かある。探してみようか。

マルティン　テレビは？

S　どうかな。でもテレビ番組はなかったんじゃないかな。絵も何枚かあるよ。

マルティン　それはいいかも。

S　絵が？

マルティン　うん。絵を見るの好きなんだ。

S　じゃあ持ってくるよ。神話について描かれたのを集めてもってくる。

マルティン　わかった。

S　悲劇を二作品も持ってくるから読んでみて。図書館にあるかもね。

マルティン　図書館は行かない。前にも言ったよね、覚えてる？

S　ごめん、気づかなかった、そうだった。

マルティン　ううん、いいんだ。なんていう名前だっけ？

S　オイディプス。

マルティン　両親は？
S　父親はライオス。
マルティン　お母さんは？
S　イオカステ。
マルティン　オイディプスに、ライオスに、イオカストラ。
S　ちがう、イオカステ。
マルティン　なんで笑うの？
S　面白い言い間違えするから。
マルティン　言い、なんだって？
S　イオカステのかわりにイオカストラって言うから。
マルティン　うん、間違えちゃった、よくわからなかったから。
S　でもユーモラスな間違い。イオカストラって。カストラート、去勢みたい。睾丸を取られるみたいだろ。
マルティン　つらいだろうね。
S　去勢が？
マルティン　ちがうよ。自分のお母さんと寝るなんて。おぞましいんじゃないかって思っちゃった。
S　うん、そうだろうね。

マルティン　だから目をくり抜いたんだろうね。
S　すべてを知った時にくり抜くんだ。
マルティン　うん、でも彼が目をくり抜いたのは、お母さんと寝ていたからだと思うよ。お父さんを殺したことはそれほどのことじゃない。わかる？
S　うん。そうかも。
マルティン　おぞましいだろうね。
S　もう行かなきゃ。
マルティン　もう？
S　うん、時間だから。
マルティン　で…彼はどうやって殺したの？　お父さんを…っていうか…
S　よくわかってないんだ。一説によると棍棒だって言われている。
マルティン　そう…僕は…自分は…フォークで殺したんだ。
S　うん、知ってる。
マルティン　遅くなっちゃうね。
S　明後日また来るよ。
マルティン　うん。待ってるから。

＊＊＊

S　数日後サンマルティン劇場の執行部に私は呼ばれました。内務省から新たな書簡が届き、それにはマルティンが公演を観にくることを厳しく禁じると書かれてありました。それは既に決定されたことでした。唯一許可がおりそうなのは、しかもかなりの条件付きでしたが、観客のいない通し稽古を観にくることでした。ここまできては企画を止めることは不可能でした。稽古はかなり進み、初日も間近だったのです。

フェデリコ　じゃあ、見に来られないんだ。

S　そう。観客のいない稽古だけにしか来られない。全公演に来させるのは無理だって。違法だから。でも劇場の執行部にライブ中継する話を持ちかけたんだ。だからマルティンは刑務所からすべての公演を観ることができる。

フェデリコ　すべて録画されるの？

S　ずっとね。録画し続ける。実際中継をするなら、関心のある刑務所にも流せないかとも提案したんだ。

フェデリコ　悪いアイデアじゃないね。

S　だからカメラはあそこ。それに演劇的にも面白いとも思うんだよね。僕らから見えない人に生中継で見られているってこと。囚人たちに。奇妙だろ？

フェデリコ　うん。

S　現場検証のところ書いたんだけど読んだかかな。

フェデリコ　うん。かなり衝撃的な場面。犯行の再現を実際にするってすごいよね。

S　そうなんだ。自分の家に連れて行かれて、そこで全く同じことをさせられたって話を聞くのはきつかった。父親を殺した時と同じ身振りをする。

フェデリコ　大変そう。

S　うん、かなり演劇的だよ。

フェデリコ　あなたにも再現を見せたがったの？

S　うん、先日ね。かなり攻撃的で。僕は強制じゃないからって言ったけど。彼がやりたいって言って。本当のところ、やってほしくなかったのは僕の方だった。見たいとも思わなかった、殺人の場面を演じているところなんて。彼は僕がびっくりすると思ったんだな。僕を困らせようとして。それでやってくれた。

フェデリコ　そのとおりやったの？

S　まったくそのとおり。僕の前に立って動きの一つ一つに気をつけて、場面を順番通りにすべて再現したんだ。見たくないのに見るのを強制させられる観客みたい。動きの一つ一つを正確に説明しながら。そうやって立って、僕の前で、始めたんだ。日曜だった…明け方…かなり早い時間…そうやって始めて僕に話し終えるまで止めなかった。恐ろしかった。同じ身振りが正確に繰り返されるのを見るのは。同じ動き。

フェデリコ　やってみる…？

S　どうだろう。

＊＊＊＊＊

マルティン／フェデリコ

日曜だった。明け方。かなり早い時間。僕は入る。ドアをあけて入る。奴はキッチンにいる。そこ。水を飲もうと起きていたみたい。突然僕を見て、お前は一リットルの牛乳も運べないくらい役立たずだと言う。理由もなく。僕は答える、牛乳がほしいなら自分で探しに行けと。売女め、と僕に言う。僕は無視する。聞いているのか、と奴は聞く。僕は無視し続ける。すると繰り返す、売女と。わかるか？　お前は売女だと言っているのに、自分の弁護さえできないのか。売女。するとその時。その時幻覚がおこる。その時姿が見える。マリア様のお祈りにでてくるような。そっくり。姿がそこにある。僕の前。僕に合図をする。こうやって。すると僕はカトラリーの入った引き出しに向かっていって、引き出しを開ける。ほんとの売女だ。フォークを一本選ぶ。僕は何も言わない。売女、とまた言う。すると僕は奴の方を向く。フォークを振りあげ奴に刺す。こうやって。突然。首に。タック。何するんだと僕に叫ぶ。僕を差し止めようとするが、僕は奴を押し返す。冷蔵庫に。そこで二度目を刺す。タック。同じ場所に。いつも同じ場所。首に。気でも狂ったか、と叫ぶ。俺を傷つけているじゃないか。それで三度目をちょっと下に刺す。ここ。するともっと大声で叫ぶ。何するんだ。俺を傷つけて。わからないのか、って言う。一リットルの牛乳も持ってこられない売女のくせに。その時僕をまた押そうとするけど僕の右足で遮って、そこで四度目を刺す。タック。喉に。ちょうど喉。俺を殺しているのかお前は、と叫ぶ。そこで深く埋める。これ以上喋らないように深く刺す。これ以上喋らないように。自分の父親を殺しているんだぞ、それが最後に聞いた言葉。それから何度もまた喉を刺す。タック。タック。タック。そしたら血があたりに流れ出し始める。喉がかき開かれる。なんか言いたそうだけどぱかっとあいた喉がからでてくるのは音だけ。いびきと血が混ざったような音。それでさらに何度もフォークで刺す。とどめを刺すため。黙らせるため。ここを刺す。耳の後ろ。ここ、顎の下。それからこの辺り。それで胸に刺す。それから肝臓のあるここ。こっちも。それからお腹も。そこは数回刺す。それから足の付け根のこの辺り。ちょうどここ。それからそこ。太股のあたり。数回。十八。十九。二十。二十一。ようやく死んでいたことに気づく。目は開かれていたけどもう息はしてなかった。僕はまだ見られているようだった。死んでいるのに、まだ僕を見ているみたいだった。父さん、と僕は言った。父さん、父さん。でも返事はなかった。死んでいた。すっかり死んでいた。

S　いいよ。今日のあたりはもう十分。

＊＊＊＊＊

マルティン　どうして入らないの？

S　調子どう？

マルティン　ふつう…

S　聞いた？
マルティン　うん、昨日。
S　僕らにはどうしようもできない。
マルティン　わかってる。
S　僕もがっかりだよ。
マルティン　行きたかったのに、そこに居たかったのに。
S　でも君はずっとそこにいるようなもんだ。みんな君の物語を聞くんだから。本当の。
マルティン　わかってる。でも行きたかった。だってここじゃ誰にも会わない。誰も来てくれない。誰も僕に会いに来てくれる人なんていない。皆みたいに本当に劇場に行きたかったのに。
S　僕も君に来てほしかったよ。
マルティン　外の空気吸いたいし。
S　でもリハーサルには来られる。それは了承を得ているから。
マルティン　でも毎晩は見に行けないじゃないか。
S　中継することになっている。すべての公演を見られる。それも了承を得ている。
マルティン　うん、聞いた。でも同じじゃない。
S　たくさんの人に君の物語を知ってもらうんだ。
マルティン　僕はスターみたいになるんだね。
S　ある意味ね。少し歩こうか？

マルティン　ううん、そんな気分じゃない。

S　インターネット接続での上演の可能性も考えられると思う。スカイプとか。上演中話しができるように。

マルティン　うん、でも僕がしたかったのはちょっと外に出ること。

S　そうだね…当局が望まないのはそれなんだ。

マルティン　僕は一生ここから出られないから。

S　何度かは出られるさ。

マルティン　僕の場合は出られない。一生。ずっとここに閉じ込められるんだ。ずっと、ずっと、ずっと。死ぬまで。

S　弁護士の人たちによると…

マルティン　弁護士なんていない。

S　いるよ。誰でも弁護士をつける権利ある。

マルティン　でも僕は違う。お金ないし。心配してくれる人もいない。僕に二、三度会ってくれた人はいたよ。でもそれだけ。

S　何それ？

マルティン　何でもない。

S　どうして隠す？

マルティン　何でもないから。

S　何なの？

マルティン　何でもないって。

S　フォークじゃないか…

マルティン　それで？

S　別に。フォークだって言っているだけ。

マルティン　怖い？

S　何が？

マルティン　僕がフォークを持っているのを見るの。

S　いいや、全然。

マルティン　いつも隠し持っている。こうやって。万が一のため。

S　大丈夫なの？

マルティン　周りは知らないよ。食堂で定期的に別のとすり替えるんだ。ここじゃ何があるか
わからないから…

S　どうしたの？

マルティン　別に。

S　手に血がついているじゃないか。

マルティン　ついてないよ。

S　ほら、何やったんだ？　自分を傷つけたの？

マルティン　ううん、どうってことない。
S　誰か呼ぼうか？
マルティン　いいや。
S　何があった？
マルティン　別に。何でもないんだ。
S　すごい傷じゃないか。
マルティン　多分…
S　どうした？
マルティン　別に。
S　気分は大丈夫？
マルティン　わからない…急に…
S　誰か呼ぼうか？
マルティン　ううん…ちょっと疲れただけ…暑いし、日差し…とか、だから…
S　誰か呼んでこよう。
マルティン　すぐおさまるから…日差し…太陽…日差し…
S　出血している。
マルティン　ただの事故だから…
S　誰か呼ばなきゃ。

マルティン　多分、大丈夫、きっと…

S　マルティンは発作を起こし始めていました。すぐに救護され、私は帰るようにと言われました。その方がよかったのです。様子を知ろうとちょっと待ちましたが、待つのは無駄だと言われました。医務室につれていかれ、そこで医者に診察してもらうとのことでした。様子を伝えてもらえるよう所長に頼みました。ホテルに着いた時、所長からの伝言があって、マルティンがかなり大きな癲癇の発作を起こし、良くなるまで一週間は面会を避けたほうがいいとのことでした。その晩なかなか寝付けませんでした。フォークを持っていた血だらけの手、さらに震えが大きくなってきていたマルティンのイメージが頭から離れなかったのです。眠るために薬を半錠飲まねばなりませんでした。

第四クオーター

S　発作が一週間続いたので、刑務所には行けないだろうと判断し、リハーサルに集中することに時間を活用しました。本番まであとちょっと。今日は、九時くらいまで残れる？

フェデリコ　うん、大丈夫。

S　わかった。じゃあ、写真のところをもう少し進められるね。見て…この別のでは顔を覆われて出てきている。裁判所に連れて行かれるところ。いつも頭巾を被せられる。彼らを守るために。

フェデリコ　何を羽織っているんだろう？

S　さあ、気づかなかったけど。ジャンパーとか…

フェデリコ　タオルじゃない？

S　タオル？　ああ、ほんとだ。タオル。この写真は判決の日のかな。下に日付がある。

フェデリコ　よく見えない。

S　見えるさ。

フェデリコ　裁判の話は聞いた？

S　いや、全く話さない。僕もそれについてはあまり調べなかった。最終判決しか読んでない。終身刑を言い渡された公文書。

フェデリコ　知らされた時はショックだったろうな、生涯…きっと。

S　彼を知れば知るほど父親を殺してしまったことに納得してしまうんだ。別に正当化しているわけじゃない。でも彼との話しが進めば進むほど、やった理由があるっていうか。この間もさ…どう言ってたかな？　あ、そう。どうしようも我慢できなくなって、殺した。それがよくわかるんだ。父親は野蛮だった。怪物だよ。いつも暴力を振るっていた。拷問。人の前でもね。ずっと彼を辱めてきた。人生を台無しにしたんだ。彼とそれからお母さんのも。だからある日殺されてしまうのは理にかなっているっていうか。それまでの苦難の連続に終止符を打ったというか。殺人というより、正当防衛にあたるんじゃないかって思うんだ。本当の父親殺しかどうかさえも疑ってしまう。

フェデリコ　でも彼は、オイディプスとちがって、自分の父親を殺していたことを自覚していたよね。

S　でもこのケースだと、違うんじゃないかと思うんだ。父親殺しか否かを考えてしまうっていうのは、結局ああいった怪物を父親と呼べるかどうかわからないからだよ。僕にとって、あのタイプの野蛮な奴は本当の父親ではないな。

フェデリコ　ストックホルム・シンドロームにかかっているみたい。

S　そう思う？

フェデリコ　誘拐犯たちに会う回数が増えれば増えるほど、人質は彼らに好感をもつようになる。

S　そうかもね。でもそれ以上にドストエフスキーが『カラマーゾフの兄弟』で言っていることに影響されている気がする。

フェデリコ　読んだことない。

S　ほんと？　読むべきだよ。父親殺しについての優れた専門書みたいなものだ。この前の夜、本屋に寄って買ったんだ。

フェデリコ　初めて読んでいるの？

S　いや、初めて読んだのは十四の時。

フェデリコ　その時は理解できた？

S　ほとんどできなかった、でもその次に読んだのはもう少し大きくなってから。

フェデリコ　学校の先生が言っていたのを思い出すよ、文学の最高峰と言われるうちの一つだって。

S　そう、確かに。ある意味そうだね。昨夜読み返していたんだ、幾つかの場面を。小説の最後のあたり。で君に聞かせたかったのはちょうどカラマーゾフの父親が、彼は怪物的な人物なんだけど、真の父親として本当に値するかどうかについて議論される箇所。

フェデリコ　カラマーゾフの父親っていうのは殺される人？

S　そう。四人兄弟の父親なんだ。

フェデリコ　三人じゃなかった？

S　いや。四人。四人だよ。そう、ここ。こう言っている。「父と呼ぶに値もせず人でなしの父親は、子供の中に次のようなやりきれない疑問を呼び起こします。『私を宿した時に父は私を愛していただろうか？　その情熱的な瞬間、酒で情欲を燃え立たせたかもしれないその瞬間、私の存在も知らなかったくせに。私が彼を愛さなければいけない理由がどこにあろう？　私を宿したってことだけで。』その子は父親に問わなければならないだろう。『どうしてあなたを愛さなければいけないのですか？　その義務がどこにあるのか証明して下さい。』その忌まわしい父親が息子に自分を愛する義務を証明できないのなら、子供はそれ以降、自分を創造した者を、赤の他人、さらには敵とさえみなす権利と自由を得るのです。ある特定の犯罪を親殺しとは呼べません。このような親の死を親殺しと決め付けるのは偏見で目の見えなくなった人たちです。」凄いだろ？

フェデリコ　ほんと。さっきあなたが言っていたことみたいだ。

S　子供の手を潰すために本を使っていた。そんな奴を父親って呼べるのかな。

フェデリコ　彼も癲癇だったよね？

S　誰が？　ドストエフスキー？　そう。実際自分の父親が亡くなった日に最初の発作をおこしたらしい。

フェデリコ　へえ！

S　ついでに言うと、ドストエフスキーにたいして横暴だった。アル中で彼の青春時代を台無しにしたんだ。

フェデリコ　カラマーゾフの父親って感じ？

S　うん、そんなとこ。凄まじい死に方だったらしい。

フェデリコ　誰が？

S　ドストエフスキーのお父さん。自分の奴隷たちに拷問されたあげく殺された。でその時、ドストエフスキーがすべてを知った時、最初の発作が起きたんだって。興味深いのはあんなに父親の死をのぞんだくせに、結局生涯それは自分のせいだったと呵責を感じていた。

フェデリコ　きっと凄まじいだろうね。

S　何が？

フェデリコ　発作。

S　そう。大変らしい。痙攣は何分も続くし、嫌なのは、突然、予想もしていなかった時にやってくる。拷問みたいだって。筋肉が収縮したり舌を噛んだり、失禁、攻撃的になったり、意識を失ったり。自分を全くコントロールできないようなケースもあるらしい。疲弊。その後にやってくる疲弊。それも辛いらしい。完全な憔悴状態になる。ほら、あげるよ。

フェデリコ　いいよ、自分で買うから。

S　プレゼントだから。もっていけよ。

フェデリコ　わかった。ありがとう。

S　だからカラマーゾフ兄弟について考える時、きっと僕のことを思い出すかもね。

フェデリコ　そうだね。さっき言っていたこと考えていた。手を本で押さえ付けていたこと。

S　ひどいよね。

フェデリコ　考えたこともなかった。本を使うなんて。

S　恐ろしい、全く。本っていう物をそういう形で再利用するなんて、ひどすぎる。今思ったんだけど、だからフォークで殺したんじゃないかな。ナイフで刺し殺すんじゃなくて。切る目的のない物でやった。父親が彼を苦しめていたとのと同じ原理に頼った。物の再利用。フォークの写真見た？

フェデリコ　うん、さっき見ていたところ。

S　不思議だろ？

フェデリコ　気分が悪くなる感じ。

S　歯の部分は血だらけ。乾いた血。凝固した感じの。

フェデリコ　なんかわからないけど、遺体のよりもこっちの写真の方が見ていると不快になる。

S　そう、確かに。それだけじゃなくて、何かあるんだよね…プラスチックの袋に入ったフォーク。現代美術館のなかにあるインスタレーションみたいで。既製品みたいな何か。詩的な何かがあるんだ。なんかさ。刃としてのフォーク。僕にとって興味深い一つのずれみたいなものがあるんだ。

フェデリコ　血痕が印象的。

S　奇妙なのは法廷でマルティンが言っていたことなんだけど、警察に知らせる前に、桃のシェークを作って、その時汚れものすべてを洗ったんだ。でもフォークは汚いまま。つまり全部綺麗にした、フォーク以外は。

フェデリコ　シェークを作るのに汚したものを全部洗っていた、父親の遺体をそばに置きっぱなしにして？

S　遺体と二人っきりで数時間いたらしい。

フェデリコ　疑問なんだけど、こういう事件が家族の中で起きた時…すぐに犯人って逮捕されるよね。

S　うん。マルティンはその日の午後に連行された。

フェデリコ　で、葬儀とかはどうなるのかな？

S　どういうこと？

フェデリコ　だから、家族の誰かが犯人だったら、葬儀に行けるのかな？

S　さあ。行けないと思う。

フェデリコ　つまりお父さんのお墓を見られなかったってこと。

S　わからない。いい質問だね。

フェデリコ　そういう人が葬儀に行きたいとか、もっと後に被害者のお墓に行きたいって言った時はどうなるんだろう？

S　そんなこと考えたこともなかった。どこまでいったっけ？

フェデリコ　マルティンが目薬をさすところ。

S　そうだった。あのさ、ちょっと思いついたんだけど、目薬をさすのは彼自身じゃないほうがいい気がして。

フェデリコ　そうかも。タイミングをみてあなたに頼んでもいいかもね。

S　やってみようか。

フェデリコ　了解。
S　それが彼らにとって唯一の肉体的な触れ合いになるみたいにさ。
フェデリコ　わかった。いい？
S　少し前からやってみよう。
フェデリコ　その場面の最初から。
S　ＯＫ。
フェデリコ　きっと疲れているんだろうな、憔悴しきって。発作のあとはもうだめみたいな…
ベンチにぐったりしているのを想像するんだ。

＊＊

S　だいぶいい？
マルティン　うん、今はね。
S　今日は練習しないの？
マルティン　しない。お医者さんが休んだほうがいいって。
S　毎日電話したんだ、君の様子をきくために。
マルティン　知っている。
S　疲れているんだったら、やめてもいいよ。

マルティン　ううん、大丈夫。
S　明日か明後日来られるから。
マルティン　ううん。大丈夫。
S　お医者さんが言っていた、かなり強い発作だったたって。
マルティン　うん、最初の痙攣が長く続いたから。でも今は大丈夫。
S　どこか痛い？
マルティン　どこも。ちょっと疲れた感じ。全身が。でもちょっとだけ。あと日差し。煩わしいんだ、日差しが。眩しくて。
S　入らなくてもいいの？
マルティン　ううん。空気を吸うと気持ちいいんだ。
S　わかった。
マルティン　この目薬、一日に三回ささなきゃならない。今何時？
S　五時。
マルティン　そうか、じゃあ…
S　手伝おうか？
マルティン　できる？
S　うん、かしてみて。
マルティン　三滴ずつ。

S　わかった。
マルティン　押さないとだめだよ。目の中に落ちるように。
S　一滴。
マルティン　ちょっと待って。
S　怖がるなよ。一、二、三。痛い？
マルティン　ちょっと。今度はこっち。
S　じゃあ、一、二、三。
マルティン　だめだ。
S　最後のは外に出ちゃったね。もう一回。さあ、三。はい。
マルティン　ちょっとしみる。
S　終わり。どこか悪いの？
マルティン　発作で時々瞳孔が開きすぎちゃって、よく見えないんだ。だから光が気に触る。でもしばらくしたらおさまる。
S　稽古している俳優なんだけど、君と同じサングラスを持っているって知ってた？
マルティン　僕のは偽物。本物じゃない。
S　よく似ているみたいだけど。
マルティン　そうかも。でも僕のは本物のレイバンじゃない。質が劣るんだ。コピーだから。スニーカーみたいに。ナイキの。似ているけど、本物じゃない。偽物。あなたのは本物のアディダス？

S　うん、そうだと思うけど。

マルティン　ナイキ派それともアディダス派？

S　さあ、ものによるかな。アディダスを履く時もあればナイキの時もある。

マルティン　でもどっちのブランドが好き？

S　どちらも。痛い？

マルティン　ちょっと。しみるんだ。

S　あんまり長居はできないから。

マルティン　わかった。

S　所長には今日は君に挨拶するだけって約束したし。様子が知りたかったから。

マルティン　ＯＫ。

S　休まないとね。

マルティン　うん、わかっている。

S　でも明後日またくるから。えっと…昨日あるフレーズを仕事中に見つけたら、君のことが浮かんだよ。すごく有名なフロイトっていう人の言葉。前に話したオイディプスのことについてたくさん書いた人。あるところでこんなこと言っているんだ、みんな自分の父親をちょっと殺そうと思っている、って。それを読んだ時、君のことを考えた。ちょっとその通りだって思わない？結局誰もがちょっとは…

マルティン　あなたも？
S　うん。多分。ある意味僕もそれを求めているかもしれない…あ、忘れてた…MP3持ってきた、貸すよ。二、三日。
マルティン　僕に？
S　二、三日だけど。音楽聴けるように。僕が気分の悪い時にいつも聴く音楽が入っている。
マルティン　どんな？
S　ピアノ協奏曲。ほら、聞いてみて。
マルティン　なんかすごく…
S　気に入った？
マルティン　うん。
S　穏やかな曲。僕は結構聴くんだ。
マルティン　バイオリンだね。
S　ここでピアノが入ってくる。ほら、そこ。
マルティン　ああ、ほんとだ。聴こえる。もう少しいたらどう？
S　時間だから。
マルティン　二、三分だけ。
S　行かなきゃならない。
マルティン　わかった。出たらきちんと扉を閉めて。じゃないと、風でバタバタして、耳障りだから。

S　うん、わかった。じゃあ、また。

＊＊＊

フェデリコ　ほんと素晴らしい。モーツァルトだね？

S　そう。ピアノ協奏曲二十一番ハ長調。アンダンテ。

フェデリコ　気に入ってた？

S　かなりね。

フェデリコ　でそう言っているんだ。

S　誰が？

フェデリコ　フロイト。誰もが少しは父親を殺すことを求めているって。

S　そうだね。それを言ったら、僕にもそれが当てはまるかどうかを聞いたんだ。

フェデリコ　で何て言ったの？

S　本当のこと。当てはまるって。君にはない？

フェデリコ　うん、あるかも。

S　みんなそうなんじゃない？　結局誰しもが自分のテーバスランドを持っているんだ。

フェデリコ　音の調子が見事だ。

S　すこし悲しそうだけど。父親が亡くなる少し前に作曲したんだ。その時期彼らは喧嘩していた。お互いに話もしなかった。厳しい関係にあった二人がここにもいる。

フェデリコ　言われていることって本当？

S　モーツァルトが幼い頃、父親は野蛮だったらしい。モーツアルトの奇妙な性格は父親のせいだって言っている人もいる。でも同時に、父親なしではあのような偉大な作曲家にはならなかったとも考えられている。

フェデリコ　そうかも。

S　あのさ…あんなに憔悴しきった彼をみるのはびっくりした。あんなに壊れそうな彼をみるのは。変だけど彼の発作が起こったのは僕のせいかもって思うんだ。

フェデリコ　癲癇の発作？

S　っていうか、最近の面会は彼にとって不快だった気がする。オイディプスの話とか、かなり動揺していた。

フェデリコ　その話初めて聞いたの？

S　よく覚えていなかったみたい。学校で聞いたことがあるとは言っていた。でも本当は注意深く聞いたことはなかったのかもしれない。あと僕に話してくれたことも。詳しい描写とか。いい気分じゃなかったと思う。ここのところその場面を生きているように感じていたんだろうな。

フェデリコ　そうだろうね。ポスター見た？

S　うん、今朝見た。

フェデリコ　かなりいいできだね。

S　うん。デザイナーと頑張ったから、プラスチックに入った血で汚れたフォークのイメージで。

フェデリコ　良くわからなかったんだけど、本番は木曜それとも金曜なのかな。

S　木曜は彼のための上演。金曜が正式な初演。

フェデリコ　じゃあ、招待券は金曜の分だね。

S　そう、金曜から。

フェデリコ　ＯＫ。よくわかってなかった。

S　よかったら、僕の招待券譲るよ。

フェデリコ　誰も招待しないの？

S　両親だけ。だから必要なのは二枚。他の分は譲る。

フェデリコ　そう、だったらもらっておく。助かる。

S　明日、手配させるから。

フェデリコ　どうもありがとう。モーツアルトの協奏曲って何番だっけ？

S　ピアノ協奏曲二十一番ハ長調。

＊＊＊＊

マルティン　今日は気分がいい。ずっといいよ。
S　そうみたいだね。
マルティン　薬のおかげ。こないだは調子悪かった。でも今はずっといい。持ってきてくれた音楽を昨日の午後ずっと聴いていたんだ。
S　心地よかった？
マルティン　わからない。でも好きだよ。
S　じゃあ、心地よかったんだ。
マルティン　今は頭から離れない。ずっとここで鳴っているんだ。
S　それは良かった。
マルティン　今朝は新聞であなたが言っていたことを読んでいた。
S　インタビュー記事？
マルティン　うん。たくさんわからないことがあった。たくさん難しい言葉があった。でもバスケのこととかを話していたのはわかった。
S　記者に君のことをたくさん聞かれた。
マルティン　あと両親のことも。
S　君にインタビューしたがっていた…
マルティン　その人がよければ…
S　でも入らせてもらえないんだ。ここの偉い人にダメだって言われた。

マルティン　そう、嫌なんだね。助かる。本当は僕嫌なんだ。だからいい。知らなかったよ、パリに住んでいるなんて。

S　うん、何年も前から。

マルティン　パリは好き？

S　うん大好き。

マルティン　じゃあフランス語を話すんだ。

S　もちろん。

マルティン　なんか喋ってみて。

S　スペイン語を話している時は、フランス語はしゃべりたくないな。

マルティン　でも話すんでしょ。

S　うん、そうだけど。

マルティン　じゃあなんか言ってみてよ。

S　何て言って欲しい？

マルティン　そうだなあ、主の祈り。

S　主の祈り？

マルティン　うん、フランス語で。

S　Notre Père, qui es aux Cieux, que ton nom soit sanctifié, que ton règne vienne, que ta volonté soit faite sur la terre comme au ciel. Donne-nous aujourd'hui notre pain de ce jour, pardonne-nous nos offenses comme nous pardonnons aussi à ceux qui nos ont offensés et ne nous soumets pas à la tentation, mas délivre-nous du mal. Amen.

（天におられるわたしたちの父よ、み名が聖とされますように。み国が来ますように。みこころが天に行われるとおり地にも行われますように。わたしたちの日ごとの糧を今日もお与えください。わたしたちの罪をおゆるしください。わたしたちも人をゆるします。わたしたちを誘惑におちいらせず、悪からお救いください。アーメン）

マルティン　へえ！　ずっとフランス語喋っていたの？

S　うん。小さい時から。でも僕の母語じゃない。母語はスペイン語だから。

マルティン　母語って？

S　母語。最初に僕が学んだ言語。最初に学ぶ言語のことを母語、母の言葉っていうんだ。僕の場合だと、フランス語は母語じゃないってこと。

マルティン　じゃあ父語。あなたの父の言葉だね。

S　うん…まあ、そうとも言えるかも。

マルティン　でも本はフランス語では書かないんでしょ。

S　うんそう。いつもスペイン語で書く。

マルティン　どうして？

S　さあね。どうしてだろう？

マルティン　きっと人はみな母語で書くからなんだろうね。

S　いやそんなことないよ。第二言語で書く人もいるよ。
マルティン　でもあなたは父語では絶対に書かないんだ。
S　うん、一度もね。
マルティン　で今書いている作品も？
S　うん、そう。
マルティン　良かった。僕も理解できる。僕もきっと母語の方がいいだろうな、あなたみたいなアーティストだったら。あと聞きたかったことがあるんだけど、現代アーティストって何？
S　現代アーティスト？
マルティン　うん。インタビューで記者が使っている言葉、現代アーティスト、現代アーティストって。
S　現代アーティストってのは、…今生きていて新しい形の何かを作ろうとしている人。以前にはなかったものを。あと何かを創っている人で、同時に危険を犯している人。
マルティン　へえ、そうなんだ！
S　わかってくれたかな。
マルティン　うんうん。
S　でもインタビュー記事を読んでくれて嬉しいよ。
マルティン　うんうん。
S　次のページの記事は読まなかった？

マルティン　メッシの写真？
S　いや、その前。四つの太陽をもつ惑星が発見されたっていう記事。
マルティン　いや読んでない。
S　二人の天文学者が五千光年のところに惑星を発見した、四つの太陽で輝いている惑星を。
不思議だと思わない？
マルティン　う、うん、そうだね。
S　ちょっと君…
マルティン　何？
S　なんか落ち着きがないから。
マルティン　ううん、大丈夫。
S　どうしたの？
マルティン　別に。
S　別にじゃないだろう。
マルティン　本当に、何でもないんだ。
S　なんで嘘つくの？
マルティン　実は…さっきなんだけど…
S　何？
マルティン　あなたの僕をみる目がさ…

S　が何？
マルティン　いや、なんか…
S　僕がどうやって見た？
マルティン　なんか、変な感じだったから。
S　いつもと同じように見ていたけど。
マルティン　ううん、違っていた。
S　誰？　僕が？
マルティン　うん、さっきの視線、股のところ。
S　何だって？
マルティン　さっき、僕の股を何度もみていた。
S　何がいいたいのかわからない。
マルティン　だから、何度も見たじゃないか、ここ、股を。
S　さあ、そうかもしれないけど。
マルティン　あなたは男の人が好きなんでしょ？
S　え？
マルティン　男が好きかって。
S　その質問には答えないよ。
マルティン　なんか悪いことある？

S　別に悪い訳じゃない。
マルティン　じゃあ？
S　だって関係ないじゃないか。
マルティン　でもあなたも僕にたくさん質問したじゃないか。僕は全部答えたよ、そうでしょ？
S　うん、そうだけど。
マルティン　それに僕の質問のどこが悪いのかな。
S　そう、確かに、好きな男の人は何人かいる。
マルティン　女の人は嫌い？
S　もちろん、好きな女の人もいる。
マルティン　でも女の人とは寝ないでしょ。そういう意味だよ。
S　なんで突然そんな質問ばかりしてくるのかな。
マルティン　寝る？
S　で、何が知りたいの？
マルティン　例えば僕とか、どう？
S　ああ、それが知りたいんだ。
マルティン　例えば僕とだったら寝る？
S　さあ。はっきり言ってなんでこんな質問されるのかわからない。
マルティン　なんで答えてくれないの？

S　君は、…男の人が好き？
マルティン　うん。
S　女の人は？
マルティン　もちろん、大好き。
S　なんでこんな会話を僕たちはしているんだ。
マルティン　僕とだったら寝るかどうかって質問に答えてないよ。
S　どうして知りたいの？
マルティン　知りたいから。
S　わからないね。
マルティン　わかっているって。人は自分の目の前にいる人と寝たいかなんてこと絶対にわかっているものだから。
S　いや、そんなことはない。ほら、僕にはわからないから。
マルティン　知っていても、問題はその勇気がないってこと。
S　どうして？
マルティン　こわいから。
S　なんでわかる？
マルティン　わかっているもんだよ。
S　君は？

マルティン　何？

S　寝たいと思う？

マルティン　あなたと？　うん、もちろん。フランス語で何か言って欲しいし。

S　時間みたいだ。

マルティン　もう行くの？

S　うん。

マルティン　さっきの質問迷惑だった？

S　そういうこと話すのに慣れていないから。

マルティン　それからロザリオも。

S　え？

マルティン　なんか、ずっと変な風に見ていたから。バラの香り感じた？

S　なんだって？

マルティン　バラの。前にも言ったけど。バラの花びらでできているんだ。

S　ああ、そうだね。うん、ここから匂うよ。

マルティン　これあなたの。ＭＰ３。お返しします。

S　まだ持っていたくない？

マルティン　ううん。貸してくれたものはちゃんと返したいんだ。

S　わかった。そういうなら。

マルティン　行く前にさ、お願いがあるんだけどいい？

S　うん、いいよ。

マルティン　事務の人にお願いしたいことがある。でも僕がすると断られる。でもあなただったらきっと…

S　何をお願いするか次第だけど。

マルティン　実はいつか父さんのお墓を訪ねてみたいんだ。

S　埋葬されている場所…

マルティン　そう。僕は知らないから。誰も僕を連れて行ってはくれなかった。

S　行ってみたい？

マルティン　うん、行かせてくれると思う？

S　試してみよう。所長と話してみるよ。

マルティン　なんだか急になんだけど、訪ねてみたくなって。きっとだめだって言われるね。

S　聞いてみないとわからないよ。

マルティン　お墓が見たいだけだって伝えて。見たいのはどこにあるのかだけ。

S　出る前に尋ねてみるよ。

マルティン　お願い。

S　大したことじゃない。明後日ここに来る時何て言われたのかを伝えるから。

マルティン　試して何か損することはないよね。

S　もちろん。

マルティン　行かせてくれないってわかっていても。

＊＊＊＊＊

S　私もわかっていました。断られることはわかっていました。所長にはしつこいほどお願いしました。それがマルティンにとってどれだけ大切なのかを説明しようと努めました。自分の父親のお墓を見にいけることが重要だったのです。所長はわかりませんでした、自分が無残にも殺したのに、なぜマルティンが父親のお墓を見に行きたいのかが。その意味がわからなかったのです。理由も。それは私たちにはわからない、彼にとって非常に個人的なことだから、マルティンにとっても説明し難いのかもしれないと所長に何度も言いました。その時、沈黙のあとでしたが、所長は言いました、マルティンが父親のお墓を訪ねたいのなら、二つの外出からどちらか一つを選ばなければならないと。芝居を見に行くか、墓地に行くか。両方とも認めることはできないのだと所長は私に言いました。一つのことを承認することさえもかなり難しいからだ、ということでした。囚人が刑務所から出られるのは裁判所に行く時か、健康上深刻な問題を抱えた場合に限り病院に行く時だけなのです。どちらに行きたいのかを彼に決めてもらおうと、別れ際に所長は言いました。ホテルに帰るまでの間ずっと、選択は簡単ではなかろうと考えていました。墓地か劇場か。

＊＊＊＊＊

フェデリコ　そんなに早く決めたの？

S　即決。二つの選択肢を言ったとたんに。全く迷いはなかった。考えるようにって言ったんだけど、何も考えることはないって。はっきりしているって。そうしたかった、って言うんだ。

フェデリコ　不思議だよね。

S　うん、でも理解はできる。

フェデリコ　あなたはどちらを選んだ？

S　わからないな。でも僕の父さんのお墓に行くのと自分の物語を見に劇場に行くのだったら…どうだろう。芝居をみにいくのを選んだかもな。

フェデリコ　僕も。

S　選択肢はともにちょっと幻影的だね？

フェデリコ　迷わなかったんだ？

S　全く。即時に、すぐに答えた。

フェデリコ　信じられない。

S　何が？

フェデリコ　だから人間性っていうか、全く予知できない。説明できないから。

S　カラマーゾフを読み始めたんだ。

フェデリコ　そう、三日前から。
S　わかるよ。
フェデリコ　なんで？
S　君の言葉の端々から。ドストエフスキーの副作用はいつもすぐに出る。
フェデリコ　だって強烈なことばかり語られるから。
S　それはそうと、衣装は着てみた？
フェデリコ　うん。
S　気に入った？
フェデリコ　もちろん。
S　着心地はいい？
フェデリコ　うん、いい。
S　よかった。じゃ始めてみようか。
フェデリコ　あの、お礼を言いたかったんだけど。
S　何に？
フェデリコ　だから全部、僕を選んでくれたこと。一緒に仕事ができたこととか。これあなたに。
S　何？
フェデリコ　プレゼント。
S　どうもありがとう。

フェデリコ　記念に。
S　何かわかった。ロザリオだね。
フェデリコ　そう、小道具係に僕のをどこで買ったのか聞いて、同じのを探しに行ったんだ。
S　どうもありがとう。
フェデリコ　気に入ってくれた？
S　とても。ジャスミンのだね。
フェデリコ　うん、僕のも。
S　へえ…君のも？　前にバラのロザリオのほうがいいって君が言っていたから、台本はバラのって変えちゃったよ。
フェデリコ　うん、でも結局ジャスミンの花びらのほうがいいなと思って。あなたの言うとおり、より男性的な気がする。
S　いずれにしても、ありがとう。
フェデリコ　あなたにロザリオをプレゼントするって自分でもいいなって思った。
S　本棚にかけておく。本棚といえば、君の名前の由来を調べてみたんだけど、意味知ってる？
フェデリコ　知らない。
S　平和。調停者。語源はゲルマン語。平和のために治める人。
フェデリコ　知らなかった。

S　昨日探したんだ。
フェデリコ　あなたのは？
S　え？
フェデリコ　あなたの名前、どういう意味？
S　僕の？　守護者。守護者とか保護者。
フェデリコ　そうなんだ！
S　じゃあ、始めようか？
フェデリコ　最後の場面？
S　そう、別れの場面。あ、それから大切なのは、ちょうど最後なんだけど…
フェデリコ　彼を見る時？
S　そう、そこ。そこで照明がだんだん落ちていくとともにモーツァルトの協奏曲は徐々に
U2の『ウィズ・オア・ウイズアウト・ユー』に変わっていく。
フェデリコ　大丈夫。
S　暗転になった時に、聞こえるのはボノの声だけにしたい。
フェデリコ　わかった。
S　じゃ、いくか？
フェデリコ　了解。
S　好きなタイミングで始めて。

延長（追記）

マルティン　僕に？
S　そう、プレゼント。
マルティン　どうして？
S　君の協力に感謝しているから。それに、なにか君にプレゼントしたかったたし。
マルティン　所長さんとかは知っているの？　いいって？
S　うん、大丈夫、知らせたから。
マルティン　何かな？
S　開けてみて。
マルティン　なんか、変な感じ、プレゼントを開けるのなんて慣れていないんだ。
S　じゃあ、紙はやぶっちゃえよ。
マルティン　何？
S　わからない？
マルティン　ああ、タブレット。
S　そう。
マルティン　でも高かったでしょ。

S　いいんだ、それは別に。
マルティン　僕になの？
S　そうだよ、君にプレゼントしているんだから。
マルティン　まだ新しい。
S　デジタル化されている本をダウンロードしておいたから。好きなのを読めるよ。時間はあるだろうし。
マルティン　すげえ。
S　あと一緒に見た画像も入れておいた。
マルティン　絵画？
S　そう。百科事典もある。あとモーツァルトの音楽も。気に入ってくれた作曲家、覚えている？
マルティン　うん。僕を落ち着かせてくれた人。
S　その人。あと、ロベルト・カルロスの音楽もたくさん入れておいた。
マルティン　『アマーダ・アマンテ』も？
S　うん、もちろんだよ。二つのバージョンがあるんだ。
マルティン　お芝居も入っている？
S　うん、『オイディプス王』を入れておいた。
マルティン　そうじゃなくて、あなたの作品。
S　『テーバスランド』？

マルティン　そう、入っている？
S　入っているよ、ダウンロードしておいた。あと新聞も読めるから、読みたいもの全部。
マルティン　先週劇評が次々に出てきたのを見たよ。
S　君について話しているところ読んだ？
マルティン　うん、作品についても。作品についてたくさん言っているね。
S　明日で終演だ。
マルティン　もう？
S　うん、二ヶ月でじゅうぶん。もしかしたらそのうち再演されるかも。僕のかわりに別の人が演じることになるけど、僕は帰らなきゃいけないから。
マルティン　パリに帰るの？
S　そう、それに他の国でも演出したい人がいるって知っていた？
マルティン　あなたもその他の国に行くの？
S　いや、僕は行けない。パリにいないといけないから。でも上演許可をだしてあげたら、他の人も上演できる。
マルティン　他の人が僕を演じるの？
S　もちろん、僕のも別の人が演じる。
マルティン　不思議だね。
S　何が？

マルティン　演劇ってものすべて。
S　うん、そうだね。ほら、芝居の写真をいくつかいれておいた。思い出になるだろ。
マルティン　本当に大丈夫なの、僕がこんなの持っていて？
S　うん、買う前に相談して許可も得ておいたから、何の問題もないよ。
マルティン　ずいぶんお金かかったんだろうね。
S　大丈夫だって。
マルティン　もうすぐ帰っちゃうの？
S　明後日。
マルティン　じゃあ、もう二度と会うことないね。
S　今回はもう会わない。でも次に来る時には、また会いに来るよ。
マルティン　いつ？
S　今度帰って来る時。
マルティン　よく来るの？
S　年に一度は。
マルティン　僕はプレゼントするものないよ。
S　君は僕に大切なものをくれたよ。
マルティン　つけている？
S　うん、いつも身につけている。

マルティン　裏側がずっとジャスミンの匂いがしているってわかった？
S　うん、いい香り、でも本当にもらっていいの？
マルティン　うん、プレゼントしたんだから。
S　でも、君にとってこれは大切なものじゃないかって思ったんだけど。
マルティン　だからあなたにプレゼントしたんだ。いや？
S　そんなことはない、嫌なわけないだろ。
マルティン　僕のものを何か持っていてほしいから。
S　僕は君のものたくさん持っているよ。君に出会えて本当によかった。たくさんのことを学んだよ。
マルティン　じゃあ僕達半分友達かな。
S　そうだね。
マルティン　手紙くれたらさ、…手紙は届けてもらえるから。
S　わかっている。
マルティン　手紙くれる？
S　約束する。定期的に絵葉書送るよ。
マルティン　エッフェル塔のがいいな。
S　ついたらすぐに送る。
マルティン　すごく高いんでしょ？

S　うん、でかい。
マルティン　登ったことある？
S　うん、何度も。
マルティン　上からは全部見下ろせるんでしょ？
S　そう、見晴らしが素晴らしくて、…じゃあ時間だから、行くよ。
マルティン　もう？
S　時が過ぎるのは早いね。
マルティン　何時？
S　五時一分。
マルティン　もうちょっといられない？
S　だめだよ、帰る時間だから。
マルティン　どうすればいい？
S　ハグしよう。
マルティン　わかった。
S　それでお互い背を向けてそれぞれの家に帰る。
マルティン　僕に家はないよ。
S　僕もだよ、マルティン。これは言いまわしだから。
マルティン　何の言いまわし？

S　それぞれが自分の道を歩むってこと。
マルティン　僕にはそれもない。
S　それはある。それはみんな持っているんだ。
マルティン　道を？
S　そう。
マルティン　でも僕の道はどこに行くのかわからない。
S　それは誰にもわからない。僕もね。誰も知ることはできない。
マルティン　ここで話したこと絶対忘れないから。
S　僕も。この作品を読んだり、舞台を観たりする時に僕らが何度もここで会ったことを思い出すから。
マルティン　またいつか来てね。
S　うん、約束する。
マルティン　扉ちゃんと閉めてね。
S　ちゃんと締めた。
マルティン　じゃないと風が扉をバタバタさせて、耳障りなんだ。
S　元気で。
マルティン　良い旅を。

＊＊

S

背を向けてそこから離れて行きました。私が去っていくのを彼が見ているとわかっていましたが、中庭を横切らなければなりませんでした。振り返ったのはようやく一つの建物についた時、数あるうちの一つの窓から彼がその檻のなかにいるのが見えました。座ってタブレットをオンにしたようでした。モーツァルトのピアノ協奏曲第二十一番ハ長調を彼は選びました。風はアンダンテの和音を私がいるところまで運んでくれました。ある春の日の午後でした。だんだん寒さが和らいできていました。立ち止まりしばらく彼を遠くから見ていました。スクリーンの明かりが彼の顔を少し照らしていました。突然ゆっくりと彼の唇が動くのが見えました。何かを読んでいるのだと私は気づきました。それが何だったのかずっと心に引っかかっていました。でもそれを知ることは決してありませんでした。

＊＊＊

マルティン　テーバイの市民よ。わが子供たちよ。古き建国の父祖カドモスの新たな子孫たち。一体どうしたというのか？　歎願の印たるオリーブの小枝を頭にかざし、懇願の姿勢で集まったその訳は何なのか？　都は香を焚く匂いと祈りとうめき声に満ちている。私は人づてに知るのを良しとせず、こうしてお前たちの口から直に聞こうと、自らやってきた。私は、名も高きオイディプス。

作品の情景
©2013 Sergio Blanco

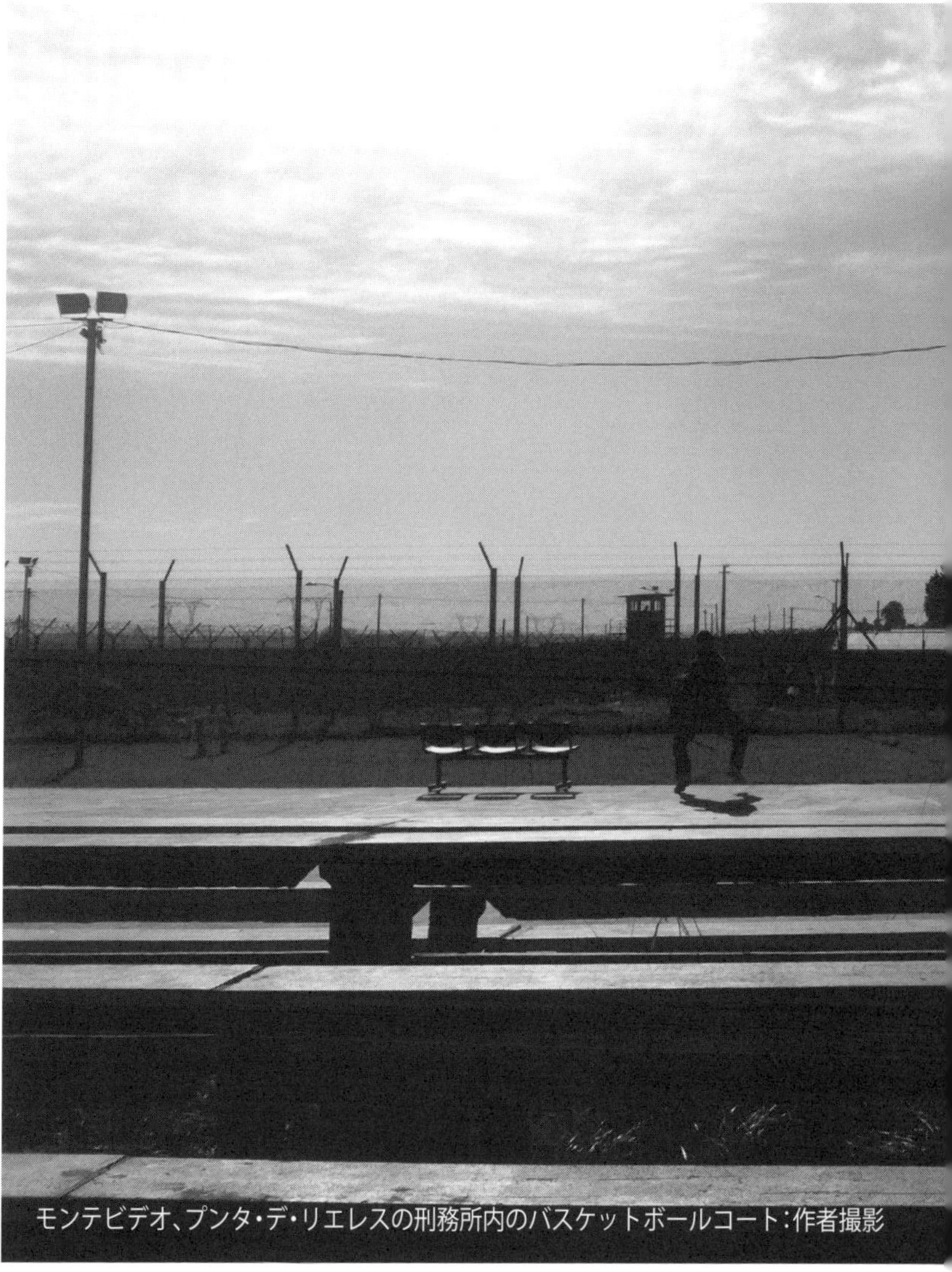

モンテビデオ、プンタ・デ・リエレスの刑務所内のバスケットボールコート：作者撮影

であろう町―― 現在の地方都市ティーヴァ：作者撮影　©2019 Sergio Blanco

古代ギリシアの都市国家のひとつだったテーバイ。オイディプスと父親が出会った

あとがき

『テーバスランド』との出会い

二〇一七年九月初めてブエノスアイレスの地を踏んだ。アルゼンチンは舞台芸術が最も盛んな国の一つであるときいていたので、それを直接確かめたかった。事前に滞在期間中に観られる作品をインターネットでチェックしておいた。その時、『テーバスランド』が絶賛を浴びていたのを知ったが、残念ながら私の滞在中には上演されていなかった。だが、ある風情のある本屋に入りそこで演劇関係の棚の前に立った時、ひっそりと置かれていた『テーバスランド』の原作が目に留まった。私を待っていたかのようだった。購入したものの、帰国後は多忙だったため研究室に放置してしまった。数ケ月後、ようやく『テーバスランド』を手に取った。数時間で読み終えた。これほどまでに心が揺さぶられる劇作品を最近読んだことがあっただろうか。シンプルな単語の連なりから、登場人物の心情が丁寧に描かれているだけでなく、演劇の魅力を十分に知り尽くした作者ブランコによる鏡の奥の世界に入っていくような目眩くメタシアターの構造には脱帽するばかりだった。是非、日本の演劇界にも知ってほしい作品、そして作家であると直感した私は、不躾ながらも作者の連絡先を調べ、日本語へ翻訳したい意向を伝えた。自分のあまりに衝動的な行動を恥ずかしく思ったが、送信ボタンを押してしまった以上、どうすることもできなかった。しかし数日後作者ご本人から返信が届いた。信じられなかった。数ケ月かけて下訳を終わらせた後、再び作者に連絡をとり、疑問点をクリアにしていった。世界中を飛び回り多忙であるにも関わらず、常に丁寧な答えが返ってくる。ブランコ氏は知性に溢れているだけでなく、穏やかで丁重に人に接する方である。本作品以外にも魅力的な劇作品を発表されており、彼の作品はいつも世界のどこかで上演されている。そのどこかの中に日本が入ることを願ってやまない。

1　作者セルヒオ・ブランコについて

一九七一年南米ウルグアイの首都モンテビデオ生まれ。劇作家、演出家。文献学と演劇学を専攻したのち、アタワルパ・デル・シオッポ、アントニオ・ラレータ、ネリー・ゴイティーニョ、アデルバル・フレイレ=フィーリョらなど著名な演出家に師事。彼らの助手を務める傍、自ら『リチャード三世』、『マクベス』（シェイクスピア）や『シラノ・ド・ベルジェラク』（エドモン・ロスタン）を演出する。一九九三年、フロレンシオ・レベラション賞を受賞、奨学金を獲得した後フランスに留学し、アラン・フランソン、ジョルジュ・ラヴォダン、ダニエル・メスギッシュ、マティアス・ラングフらに師事、コメディー・フランセーズにて演出学を学ぶ。その後、ウルグアイとフランスを行き来していたが、一九九八年にパリに拠点をおく決心をする。以降、劇作に専念し次々に作品を発表。二〇〇三年には『45'』（二〇〇三年）が、二〇〇七年には『キエフ』（二〇〇四年）がウルグアイの国立劇団のレパートリーとなる。そして本作をはじめ諸作品がラテンアメリカ、米国、ヨーロッパで上演され続けている。劇作の評価は高く、国内外で様々な戯曲賞を受賞している。

現在は、劇作、演出を手がけるだけでなく、ヨーロッパ、ラテンアメリカの様々な機関、大学でパーフォマティブ（行為遂行的）エクリチュールやオートフィクションに関する講義やセミナーを行ったり、劇作の指導をおこなったりと後継者の養成に貢献している。

2 『テーバスランド（*Tebas Land*）』

本作品は、オイディプスの神話をベースに、架空のマルティン・サントスという父親を殺した若者の物語が語られるオートフィクションで、モンテビデオでの初演以降、ラテンアメリカ、ヨーロッパ諸国、最近ではインドでも上演された。

登場人物は劇作家のS、受刑者マルティンと俳優フェデリコの三人で、作品は次のような構成となっている。

（一）企画の発案から上演までのプロセスに関する劇作家Sの観客への語り
（二）刑務所のバスケットボールのコートでのSとマルティンとの交流
（三）Sと俳優フェデリコが徐々に作品を組み立てリハーサルする場面

『テーバスランド』は「ワーキングプログレス」の要素が入ったメタシアター的作品だ。まず劇作家Sは第四の壁を越えているかのように観客に語り始め、Sの語りが前説の一部であるような錯覚を観客に与える。そしていつの間にか観客は物語の中に入っているのである。

マルティンとフェデリコとのやりとりをなぞりながらSは物語を展開させていく。フェデリコとのリハーサルの場面では、その前の場面でのSとマルティンとの会話が再現、修正、再現されていく。

作中で設定が更新されていくことにより、登場人物が構築されていく。その中で重要な役割を担っているものの一つがロザリオである。Sとマルティンの会話の中で、後者が身につけているロザリオが話題に上がる。ただ言い放たれた母の形見に、Sが一言加える。「ジャスミンの花びらでできている」。それを境にして何の変哲もないロザリオによりマルティンはある特性を帯び始め、突如「いつもジャスミンの匂いがするんだ、僕」と言うのである。しかし、作者は上演に際してト書きで二つの二重性を義務付けている。「マルティンとフェデリコは異なる人物ではあるがかならず同一の俳優によって演じられなければならない」ということ。そして、「舞台となる場所はリハーサル中の稽古場であると同時に刑務所の中にあるバスケットコート」であるということ。よって、別の人格でありながらも一つの身体で表現されるマルティンとフェデリコという人物は、時間の流れに沿って、その俳優の身体の上にいくつもトレースが重なり合っていくようにして構築されていく。

本作品は神話でちりばめられていると言っても過言ではない。オイディプスの神話が変形しながら他のオイディプス的モチーフと、あたかもニューロンがシナプスのように繋がり合うことで、現代の父親殺しの物語を語っていく。オイディプスは父親とは知らずに父を殺めてしまった。マルティンは父親であることを自覚して父親を殺めた。明らかにオイディプスとマルティンの行動には揺れがあるが、オイディプスの神話を圧縮した一つの曖昧な世界像として作品中で機能させ、関連性のある他の物語とつなぎ合わせる。つまり、神話素として、「父を殺した者」というモチーフをもとの神話から借用しながらも、父親へ反抗したとして語られてきたトゥールの聖マルチヌス、モーツァルト、ドストエフスキーに言及し、トゥールの聖マルチヌスが描かれた絵にみられるバスケットボールのような球体、上演中使われるモーツァルトのピアノ協奏曲ハ長調二十一番、ドストエフスキーが患っていたであろう癲癇と彼の作品『カラマーゾフの兄弟』を物語の中に嵌め込み、さらには、フロイトのエディプス・コンプレックスから登場人物Sと父親との関係性を僅かではあるが織り込むことで、現代社会で起こりうるオイディプス事件に対する様々な眼差しの奥行きを生み出している。

その一方で、ブランドといった現代の神話を作中に登場させる。これらを身につけたフェデリコ・マルティンは自分のアイデンティティを架空的に表している。一方は本物、もう一方が身につけるのは偽物である。しかし、演劇的視点から考えると、マルティンが本物であり、彼を演じるフェデリコは偽物と解釈できる。ここにねじれが生じている。別の人格でありながらも一つの身体で表現される二人は、身につけている物も同一であることから、二人の間の差異が消滅する瞬間を生じさせ、フィクション中（舞台上）の現実とフィクションの境目が曖昧になるのだ。

さらにはタイトルに「テーバイ」という名称を打ち立てることで、オイディプスの神話は曖昧ながらも不可欠なシステムとなり、プロット及び作品全体の要となる。だからこそ、最後の場面で、Sと別れたあとにマルティンが読みあげる『オイディプス王』の冒頭部分が締めくくりとして効果的なのだ。終身刑を宣告された彼が、彼の原型ともいえるオイディプス王を知るきっかけとなり、教養として一作品に向き合うことは一種の救いの手であって、絶望視している彼の未来に一筋の光がさすのだ。その一方で現代の神話は登場人物のアイデンティティの構築アイテムであり、演劇における再現とは何なのかを問う仕掛けにもなっている。

セルヒオ・ブランコは、オートフィクションの手法を用いて、現実世界と虚構との境界を彷徨いながら、嘘を物語る。だが、それは嘘でありながらも誰しもの物語ともなりえるのだ。

この出版にあたって、北隆館の編集者、福田ゆめ子さんには大変お世話になった。福田さんとの出会いは、本作品とのそれと同様偶然であった。私のバルセロナでの在外研究期間終了間際のこと、お世話になった教授へのご挨拶を兼ねてバルセロナ大学大学院の講義を聴講に行った際、東洋人の学生が一人教室にいるのが目に入った。互いに日本人であることがわかり交流が始まったが、あの日、あの講義を聞きに行っていなければ、福田さんと出会うことはなかったであろうし、『テーバスランド』が出版されることもなかったかもしれない。出会いがこういった賜物として形になることとは実に感慨深いものである。また、スペイン語能力の高い彼女が編集担当となっていただいたおかげで、原文とのチェックを細かくしていただいたり、作者とも直接連絡をとっていただいたりと、手厚いご対応をいただいた。この場をかりて北隆館および福田さんに感謝の意を示したい。

日本の演劇界ではラテンアメリカ演劇に対する関心は徐々に高まっているものの、残念ながらこの地域の劇作品がほとんど知られていないのが現状である。本作品の紹介を突破口にして、魅力に溢れ多様性にとんだラテンアメリカ演劇作品を今後も紹介していくことができたら幸いである。

二〇一九年一月

仮屋浩子

〔略　歴〕

セルヒオ・ブランコ

一九七一年一一月三〇日モンテビデオ（ウルグアイ）生まれ。大学で文献学、演劇学を専攻。一九九三年にパリのコメディーフランセーズにて演出論を学ぶ。一九九八年以降はパリを拠点に主に劇作家として活動。戯曲は国民演劇賞（ウルグアイ）をはじめ、「カサ・デ・ラス・アメリカス賞」戯曲部門特別賞（二〇一〇年）『バルバリエ』、イギリスのオフ・ウエストエンド・シアター・アワード最優秀製作賞（二〇一六年）『テーバスランド』など様々な賞を受賞している。

仮屋　浩子（かりや　ひろこ）

一九六五年八月三一日東京生まれ。上智大学外国語学部卒業。清泉女子大学大学院で修士号取得、UNED（スペイン通信教育大学）で博士課程（スペイン語文献学・スペイン文学専攻）に進み、所定単位取得後同大学院退学。主にスペイン語圏演劇史を研究。

テーバスランド
Tebas Land

2019 年 4 月 30 日　初版発行

原　作　セルヒオ・ブランコ
訳　者　仮　屋　浩　子
発行者　福　田　久　子
発行所　株式会社 北 隆 館
〒153-0051　東京都目黒区上目黒3-17-8
電話03(5720)1161　振替00140-3-750
http://www.hokuryukan-ns.co.jp/
e-mail : hk-ns2@hokuryukan-ns.co.jp
印刷所　倉敷印刷株式会社

ISBN978-4-8326-1031-6 C0098